U0552875

# 最强消防官新门红丸

〔日〕绿川圣司 著

〔日〕大久保笃 原作／绘

杜妍 译

人民文学出版社

PEOPLE'S LITERATURE PUBLISHING HOUSE

著作权合同登记号　图字 01-2021-4142

**图书在版编目(CIP)数据**

炎炎消防队.最强消防官新门红丸/(日)绿川圣司
著;(日)大久保笃原作、绘;杜妍译.—北京:人
民文学出版社,2022
ISBN 978-7-02-015234-6

Ⅰ.①炎… Ⅱ.①绿… ②大… ③杜… Ⅲ.①长篇小
说-日本-现代 Ⅳ.①I313.45

中国版本图书馆 CIP 数据核字(2022)第 010919 号

责任编辑　**朱卫净　李　翔**
装帧设计　**钱　珺**

出版发行　**人民文学出版社**
社　　址　**北京市朝内大街 166 号**
邮政编码　**100705**

印　　刷　**上海盛通时代印刷有限公司**
经　　销　**全国新华书店等**

开　　本　**787 毫米×1092 毫米　1/32**
印　　张　**6.875**
字　　数　**92 千字**
版　　次　**2022 年 3 月北京第 1 版**
印　　次　**2022 年 3 月第 1 次印刷**

书　　号　**978-7-02-015234-6**
定　　价　**39.00 元**

如有印装质量问题,请与本社图书销售中心调换。电话:010 - 65233595

# 第 1 特殊消防队

**焰人**

由原因不明的"人体自燃现象"产生，处于暴走状态。也有自我意识残留的罕见案例。

**李奥纳多·班兹**
大队长

率领第1队众精英的大队长。曾出现在森罗失去亲人的火灾现场。

**环古达**
二等消防官

第1队新人队员。拥有神奇的能力。

# 第 7 特殊消防队

**新门红丸**
大队长

第7队统领，凭实力被称作最强消防官。不效忠于圣阳教会的原国主义者。

**日影 & 日向**

双胞胎女孩。在红丸的影响下常口不择言。

**绀炉**
中队长

称呼红丸为"少主"，一直在顽劣的红丸身边给予支持。

## 亚瑟·波义耳
**二等消防官（第三代能力者）**

自称"骑士王"。能制造
出蓝色火焰的剑。

## 森罗日下部
**二等消防官（第三代能力者）**

在一场火灾中失去家人的少
年，那场火灾被认为是由他的
能力所引起，紧张时会露出奇
怪的笑容。

## 茉希尾濑
**一等消防官（第二代能力者）**

以前是军人。脑袋里装的
是一片少女的怀春田。

## 爱丽丝
**修女（无能力者）**

圣阳教会的修女。负责
对"焰人"镇魂。

## 武久火绳
**中队长（第二代能力者）**

以前是军人。冷静。选
帽子的品味很奇怪。

## 秋樽樱备
**大队长（无能力者）**

新成立的第8队队长，
人品正直。爱好健身。

人的死因多种多样。衰老……自杀……病故……

如今世上，最令人感到恐怖的死因是烧死……

从某一天开始，在全世界范围内突然爆发人体起火事件。这就是"人体自燃现象"。

那些人体自燃的受害者们会丧失自我，处于暴走状态，直到生命燃尽。他们被称作"焰人"。为了消灭"焰人"的火焰，并拯救他们的灵魂，一个消防队成立了。

它就叫"特殊消防队"。

# 目录

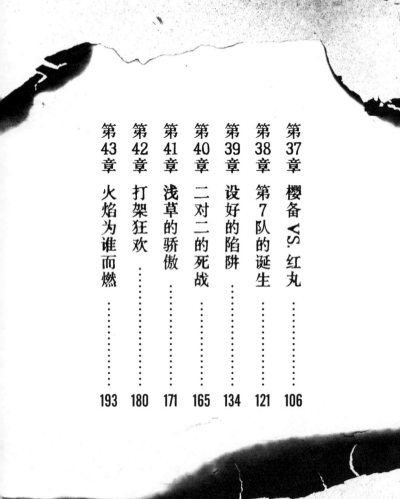

# 前卷故事概要

太阳历一百九十八年。世界笼罩在"人体自燃现象"的恐惧之中。那些身体突然起火、被火焰包裹着的人会变成丧失自我的"焰人",将周围的一切燃烧殆尽。

"特殊消防队"就是为了保护人们远离火焰恐惧的威胁、解开人体自燃的谜团而成立的组织。

从小就崇拜英雄的森罗在十二年前的一场火灾中失去了母亲和刚出生不久的弟弟小象。

作为可以自身起火并操纵火焰的"第三代能力者",森罗被认为是那场火灾的始作俑者。而且受到那起事件的影响,每当森罗感到紧张或恐怖时,就会露出一个僵硬的笑容。因此身边的人一直都称他为"恶魔"。但是,森罗曾在火灾现场目击过一个长着两只角的"焰人"的身影,所以他确信真相仍在别处。

为了成为将人们从火焰的恐惧中拯救出来的英

雄，森罗立志成为特殊消防官。他从训练学校毕业后，被分配到了新成立的第8特殊消防队。在那里，他遇见了大队长秋樽樱备、自身无法起火但拥有操纵火焰能力的第二代能力者中队长武久火绳、同样是第二代的茉希尾濑、训练学校的同学并且能操纵高温火焰形成的等离子剑的第三代能力者亚瑟·波义耳，以及负责镇魂祷告的修女爱丽丝。

为了不再出现更多的火焰受害者，同时也为了揭开十二年前火灾的真相，森罗与第8队的伙伴们为镇魂而忙碌着。然而，在消防官新人大赛中，森罗从遇到一个神秘男子Joker口中得知，他以为早已不在人世的弟弟竟然还活着。森罗开始动摇了。

有一天，第8队与第5特殊消防队因拥有自我意识的"焰人"而针锋相对。爱丽丝只身前往第5队去会见修道院时期曾经仰慕过的姐姐、大队长公主火华。为了营救爱丽丝，第8队队员勇闯第5队营地。

火华声称世上无英雄。森罗打败了火华并告知她正因如此自己才要成为英雄。火华被森罗的热情所感化，答应协助第8队。

火华的研究表明，似乎有人正在用特殊的虫子人为地制造"焰人"。人造"焰人"集中发生在第1特殊消防队的辖区内，所以森罗和亚瑟利用新人研修制度潜入第1队展开调查。最终，他们锁定了嫌犯，中队长烈火星宫。

为了传教者，烈火一直在寻找虫子植入体内后也不会变成"焰人"的适应者。他在部下环的协助下，不停地利用从街上诱拐来的孩子做实验。

激战的最后，森罗打败了烈火。然而，烈火却遭到神秘的白衣人灭口……

# 第 30 章　英雄集结

东京皇国中央区。

这片区域的正中央耸立着一幢格外宏伟的建筑。

圣阳教会皇王厅。

这里是皇国国教，即敬奉太阳神的圣阳教的中枢。

皇王和侍奉圣阳教的枢机主教们聚集在皇王厅内部的皇王殿里。

"皇王陛下不必亲自出马……"

"尽管现在的情况已不容忽视了，但我等……"

听了皇王的话后，枢机主教们纷纷进言。

然而，皇王却打断道：

"不必再说。"

接着，他用威严的口吻命令道：

"召集全队的大队长集合。"

"特殊消防队大队长会议？"

第8特殊消防教会。

和环古达一起被叫到大队长室的森罗神情困惑地问道。

"我和环也可以参加吗？"

森罗和环都是新人二等消防官。尤其是环，还处在反省期。

第8队的大队长秋樽樱备严肃地点点头。

"这一次会议的议题是传教者与白衣人组织。你们需要就遭受星宫中队长以及白衣人的袭击一事作报告。"

"我呢……"

同为新人的亚瑟·波义耳二等消防官正目不转睛地从柱子后面向这边看。

"这段时间一直不见你的人影，不是吗？"

森罗爽快地回绝了他。


前几天，发生了第1特殊消防队的中队长烈火星宫诱拐儿童并人为将其制造成焰人的事件。

森罗为帮助险些成为替罪羊的环，与烈火展开激烈的战斗。而这期间，亚瑟却一个人不知去向。

樱备难得地穿上西装，打了领带，还戴上了带有圣阳教标志——交点的四角带有圆形凹槽的十字架的帽子。他说：

"火绳会送我们到中央那边。都准备好了吗？厕所都去过了吧。出发！"

"大队长全体集合这种事，经常发生吗？"

车从教会出发行驶一段时间后，坐在车后座上的森罗向樱备问道。

中队长武久火绳穿着工作服，手握着方向盘。樱备坐在副驾驶座位上，森罗和环并排坐在后座上。森罗穿着立领的学生款制服，环的制服胸口处还别着一只蝴蝶结。

"从我就任第8队大队长之后这是头一遭。足以说明这次事件的严重性。"

樱备口气沉重地说道。

"人造'焰人'……白衣人……还有传教者……

第4特殊消防队大队长
苍一郎海牙

Dr. 乔瓦尼
第3特殊消防队大队长

第2特殊消防队大队长
古斯塔夫·本田

第1特殊消防队大队长
李奥纳多·班兹

毫无疑问，我们正在接近'焰人'的真相。"

森罗点点头。

第8特殊消防队本来就是以樱备为首创立的、为寻找"焰人"真相而从特殊消防队内部展开调查的队伍。

的确，第8队离这个目标越来越近了。

飞驰的车中，森罗一边望向前方，一边想着烈火的事情。

烈火是虔诚的圣阳教徒，他受到传教者的感召，利用特殊的虫子制造人造"焰人"。

最后却被神秘的白衣人射出的火焰箭戳穿了胸膛，难逃被灭口的命运。

一直仰慕烈火的部下环被烈火利用，帮助诱拐儿童，因而受到了反省处分，交由第8队管理。

烈火将森罗的火焰称为不含杂质的纯粹之火——安德拉爆焰。他还说要把在"焰人"制作过程中能力觉醒的孩子伪装成火灾中丧生，然后拐走。

十二年前，森罗因家中失火失去了母亲和弟

弟。为了不再有更多的火焰牺牲者出现，他立志成为消防官。但最近，他从一个男人那里得知弟弟还活着，不禁开始动摇。

难道，烈火所说的传教者将弟弟……

车抵达了皇王厅前，森罗怀揣着诸多疑问从车上下来。

"啊！！那个难道是！！"

他兴奋地用手指着眼前这栋巨大的建筑。

"那个就是那个吧，电视上总能看到。"

"啊，是嘛，日下部没见过呀。"

站在身边的环抬着头，手叉在腰上。


久远式火力发电"天照"。


那是和太阳历同时制造出的发电厂，上窄下宽的巨型圆柱体的四周围着一圈管道。白色的烟雾不间断地从连接管道的支柱里面喷出来。

"'天照'供应了东京所需的一切能源。"

身后的樱备解释道。

久远式火力发电『天照』

"就靠那一座吗……火力肯定强得不得了……"

森罗边说边抬头看。

"怎么，你们第8队是来观光的吗？"

恰好经过的第5特殊消防队大队长公主火华惊讶道。

"大队长会议要开始了。"


森罗一行人踏进了坐落在"天照"旁边的一座类似宫殿的巨型建筑中。

建筑内部摆放着许多长椅，中央过道铺着红色地毯。正面，巨大的彩绘玻璃窗前放着一把华丽的座椅。

各特殊消防队的大队长们全部聚集在这里。

樱备巡视了一圈，低声说：

"平日不露面的第7队的队长们也来了。事情果然非同小可……"

"那个人就是以最强消防官闻名的第7队的……"

森罗的视线落在一个穿着短外褂、目露凶光的瘦小男人身上。他就是第 7 队的大队长红丸。

森罗对上了红丸的目光后，不自觉地露出了一个僵硬的笑容。

"笑什么呢，臭小子。"

红丸怒视着森罗，恐吓道。

"少主……"

站在旁边的一个鼻梁上带着一道大伤疤、体格壮硕的男人打断了他。

"那个……对不起。"

森罗道歉。他并不是觉得有趣才笑的。自从十二年前那场夺走母亲和弟弟生命的火灾之后，森罗只要一紧张就会露出僵硬的笑脸。

"真啰嗦。本来我也没打算针对他。"

红丸对大个子说道。

这时，皇王率领着枢机主教登上了教坛。正在偷看第 7 队的大队长们纷纷合掌。双手大拇指的第一关节紧紧贴合，余下的手指摆出一个三角形，这就是圣阳教会的合掌式。

然而，红丸鼻子里"哼"了一声，坐在长椅

上，把腿搁在前面的座椅靠背上。

"各队的大队长都到了吧……"

一位长髯老人在中央的红座椅上坐下。

他就是东京皇国皇王，莱弗士三世。

"那么，现在开始紧急大队长会议吧。"

（那个人就是东京皇国皇王陛下……）

森罗第一次见到皇王，惊讶地张大嘴巴。

"我已经和东京军将军和消防厅长官谈过了……有些危害国家的人正蠢蠢欲动。"

皇王的声音在教会内回荡着。

"传教者和白衣人……人造起火的虫子……我已经从报告中得知了。他们的所作所为是对太阳神庇佑的亵渎……特殊消防队全队上下当以传教者为叛贼，全力讨伐。"

"有人反对吗？"

站在皇王身边的一名枢机主教问道。

红丸向后仰着头，倨傲地说：

"什么太阳神啊，无聊。"

第2队的本田大队长无法容忍红丸的态度，大声斥责：

"红丸新门！！你太放肆了！！在接受我古斯塔夫本田的制裁前，先向皇王道歉！！"

"吵死了，本田古斯塔夫，我叫新门红丸。"

红丸故意重新说了一遍自己的名字。

"是原国主义者啊……"

戴着一张巨型鸟嘴面具的第3队大队长 Dr. 乔瓦尼低声说。

在皇国，人们一般按照"名字·姓氏"的顺序称呼对方，而那些不向皇国和太阳神宣誓忠诚、守护皇国之前的日本文化风俗的原国主义者们，十分厌恶皇国式的称呼，他们坚持贯彻"姓氏·名字"的称呼方式。

"我们第7队本来就是由联防队的一群笨蛋组成的，从未宣誓过要效忠皇国和太阳神。就像以前一样，让我们第7队自由行动吧。"

红丸放完话就和大个子一起离开了。

本田怒不可遏。

"站住！！红丸新门！！话还没说完！！"

"够了。"

皇王打断了他。

"总而言之，全队上下当团结一心，追查传教者。如此才能将人类从火焰的恐惧中解救出来……"

（如此才能将人类从火焰的恐惧中解救出来……）

同一时间，在一间像研究室一样昏暗杂乱的房间里，一个头发乱蓬蓬的白衣男子一边用无线电窃听着皇王的讲话，一边对某人喊道：

"听到了吧，会议上的谈话……"

"嗯……"

在能望见"天照"的堤坝上，一名长发男子听着大队长会议，欣喜地答道。

他穿着白衬衫，外套黑色马甲，左眼被卷起的黑色手帕遮住，头上还戴了顶黑帽。

"越来越接近了嘛……'恶魔的足迹'。"

男人的四周，黑桃和梅花形状的火焰突然显现

出来，随后又立即消失。

"恶魔的足迹"是森罗的绰号。

在那场失去家人的火灾发生之后，森罗染上了一种习惯，只要紧张就会莫名其妙地露出笑脸。因此身边的人都称他为"恶魔"。而且，他在使用起火能力时会留下烧焦的脚印，于是一些人称之为"恶魔的足迹"。

这个长发男子正是告知森罗本应在火灾中丧生的弟弟还活着的神秘人物——Joker。

"比我预计的要早啊……那家伙很有前途。"

Joker叼着烟卷抬头望天，满意地笑了笑。

"再去见他一面吧……"


"我看过资料了。你们找到了纯粹之火吧，森罗日下部君。"

红丸等人离开后，皇王接着开口问道。

"是……是的！！"

突然被点到名字后，森罗僵直地站起身。

"你拥有安德拉爆炎是吧？"

皇王的话使得大队长之间的气氛立即紧张了起来。而森罗却一脸茫然地反问道：

"烈火星宫是这么说的。请问安德拉爆炎是什么？和一般火焰有什么不同吗？"

"安德拉爆炎是无杂质的纯粹之火——第三代能力者中极少数人才拥有。也是太阳神在创造这颗星球时用到的火种，被称作原始之炎。"

皇王停顿了一下，神色平静了许多。

"来这里之前你没有见到吗？久远式火力发电'天照'。那是为整个东京皇国供给能源的源之炎……那个火焰就是安德拉爆炎。"

森罗睁大了眼睛。他虽然知道自己是拥有起火能力的第三代能力者，但不承想自己居然还拥有如此重要的火焰。

"传教者正在寻找安德拉爆炎。"

Dr. 乔瓦尼盘着腿，面罩下传来喑哑的声音。

"安德拉爆炎是高纯度的火焰，但究竟与普通的火焰有什么区别，科学上还没能解释清楚。难道说传教者已经发现了其中的不同？如果传教者的目标是日下部队员的话，我们是否应该提供保护？"

"保护！？饶了我吧！！消防官是为了保护民众而存在的！！"

森罗急忙反驳道。他并不是为了被保护才成为消防官的。

"我自己能保护自己！！"

"第8队内部的问题就犯不着其他队插手了吧。各队应当集中精力搜查和追踪白衣人。"

火华从旁解围。见Dr.乔瓦尼默不作声，她对身边的樱备低声耳语道：

"安德拉爆炎是正在研究中的罕见的起火能力。第3队想拿森罗当实验体。"

听了火华的话，樱备用宣告的口吻向其他队表明态度：

"日下部队员的安全由我们第8队负责保障！"

皇王微笑着对森罗说：

"安德拉爆炎是神选的神圣之火……务必谨慎对待……"

"是！！"

森罗用力地点头。

会议结束，众人准备离开时，Dr. 乔瓦尼对火华说：

"我以为你和我一样同为灰岛的人。"

"什么意思？"

火华诧异地反问道。

"看起来你很祖护第8队……"

因为 Dr. 乔瓦尼戴着面罩，所以完全读不出他的表情。

特殊消防队中，第3和第5队都受到本国最大企业灰岛重工的强烈影响。

起初，第5队的火华与第8队处于敌对的关系。但经过战斗，火华感受到了来自森罗的火焰的温暖，对他钦佩不已。

然而，考虑到自身的立场，她无法公开表示协助第8队。

"哼，净说废话。"

火华冷笑道。

"我会把巨型'焰人'的数据发给你的。"

说完，火华转身离开。Dr. 乔瓦尼目不转睛地盯着她离去的背影。

一旁，第1队的卡力姆中队长对樱备说：

"我是第1队的中队长卡力姆·福拉姆。"

"我已经从森罗那里听说了。"樱备答道。

卡力姆是森罗研修加入第1队时的长官，与烈火同期入队，也是为了阻止烈火的暴行而共同作战的伙伴。

经此一役，卡力姆和火华一样，他信赖森罗并且希望能协助第8队。

"说是要追查传教者，但实际上全队上下团结一心没那么容易。我想知道烈火的真相……所以打算出手援助并协助第8队。"

卡力姆依旧絮絮叨叨地说着车轱辘话。

"听说你很有才干，谢谢。"

说完，樱备露出了一抹笑意。

森罗在一旁听着二人的交谈，心中再一次产生一股强烈的愿望。

（虽然各队所属的派系不同，想法也不同……要是有一天全队上下能共同携手就好了。）

回到第8特殊消防教会后，森罗一个人出门上街购买不足的备品。

（传教者的目标是我?! 如果真是这样，对我而言可是再好不过了。）

森罗一边心想，一边朝商店街走去。

"好久不见了，'恶魔的足迹'……"

一阵熟悉的声音传来，森罗停下脚步。

Joker双手插兜，正叼着烟卷站在旁边的一条狭窄的小路上。

"呼 ♥"

"是你!!"

森罗立即拉开距离，将帽子丢了过去。

Joker倏地举起双手：

"哟。我现在可不想和你打架 ♣"

说完，又把手插回口袋。

"如果你偏要打的话 ♦，我愿意奉陪。"

Joker 脸上浮现出一个挑衅的笑容，他突然把脸凑近。

"难道♠你是想报一箭之仇吗？"

（这家伙，究竟是什么人……）

他只是站在那里而已，却散发着和第1队大队长班兹一样的威慑力。

森罗大汗淋漓，极度紧张的他露出了僵硬的笑容。

"今天我来是为了告诉你一个好消息。"

Joker 重新挺起身，用戏谑的口吻说道。

"什……什么……"

"传教者——白衣人——为了奖励你煞费苦心走到这一步。"

Joker 沉默了一会儿，盯着森罗再次开口：

"象日下部——这个名字，你不可能不知道吧？"

"废话！！我怎么可能忘记弟弟的名字！！"

森罗激动起来。Joker 依旧平静地说道：

"人造'焰人'……♠烈火星宫……♥白衣

人……♦ 传教者……♣ 你的确越来越接近了。你也注意到你弟弟的存在了吧？今天，就让我来将你的疑惑变成现实。"

Joker 仿佛在故弄玄虚。森罗小心翼翼地问道：

"……你想说什么——"

"继续追查传教者吧。你的弟弟就在那里。"

Joker 脱口而出的一句话让森罗大吃一惊。

"传教者的部下，灰焰骑士团团长，象日下部——就是你的弟弟。"


"我的弟弟是——传教者的部下……骑士团的团长……"

森罗脑子顿时乱成一团。

（小象竟然是敌方的团长……!?）

"怎么回事!?"

森罗逼问道。只见 Joker 像魔术师一样，忽地一下消失得无影无踪，仅留下几缕薄烟。

"等一下!! Joker !!"

森罗在巷口四下张望，试图寻找 Joker 的身影，却只听见他留下的一句笑语。

"地狱才是恶魔的归宿……"

# 第31章  约定

回到第 8 特殊消防教会后，森罗到更衣室换工作服，Joker 的话始终在他的脑海里挥之不去。

（Joker 的话到底能相信多少……）

森罗呆呆地站在紧闭着的柜门前，一遍又一遍地问自己。

（不知道小象是不是真的活着……如果当真如那家伙所说……我就必须与弟弟手足相残？!）

和弟弟失散的时候，森罗尚且年幼，弟弟也只是个婴儿。小象会变成什么样子……森罗甚至连他的脸都不记得。说实话，即使现在见到他，心里又会是怎样的滋味……

但对森罗来说，有一点是绝对不会改变的。


"成为英雄，保护妈妈和小象!!"

儿时与妈妈订下的约定会将离散的亲人紧紧相连。

（不管发生什么我都要遵守约定！！这一点绝不改变！！）

森罗又一次将决心刻在心底，转身离开了更衣室。


队员们集合后，樱备面向大家严肃地说：

"特殊消防队决定追查传教者。首先从迄今为止的火灾资料中找寻线索吧。"

火绳戴着一顶品味奇特的帽子，上面写着"有机"的字样。嗵的一声，他一本正经地将一大叠资料堆在桌子上。

"这只是一小部分……细枝末节也好，请务必找出与白衣人有关的情报。"

"那只是一部分吗……"

光是看到这堆积如山的文件就已经让最怕事务工作的亚瑟气绝身亡了。

"传教者和白衣人出于某种目的，正人为制造人体自燃事件。绝不能放过他们之中的任何一个人，辛苦了。"

一层阴云爬上了森罗的脸庞。

（我还没有和第8队的伙伴们透露弟弟可能还活着的事情。如果小象是传教者的同伙，就更难以启齿了……）

森罗和队员们回到事务工作室，立即开始分工阅读资料。

然而，他们始终没能找到任何蛛丝马迹。

"啊……终于完成了一半……"

森罗将读完的报告堆在桌子对面。

"喂……森罗……快点找到线索啊……"

亚瑟坐在森罗对面，说话声像快断气了一样。只过了这么一小会儿，他就面容消瘦，变得无精打采。

从训练学校时代开始，亚瑟就自诩骑士，视英雄为蠢货，一向与森罗水火不容。看到他现在这副窘态，森罗心满意足地点头说道：

"一到脑力劳动你的脸色就这么差，最后保持下去死掉才好。"

"嗯……白衣人的组织……要是有相关的报告，

应该很显眼才对……"

一等消防官茉希尾濑对着堆积如山的报告书叹了口气,她似乎也在苦战。

最终,他们并没有找到一份像样的报告书。等他们回过神来,外面天色已经大暗。

"哇!!真的很难找到啊。"

环向后仰,用力伸了个大懒腰。

"嗯?!"

森罗抬起头,看见亚瑟翻着白眼,口水从嘴角淌了出来,整个人好像被燃烧殆尽,完全没了血色。

"风烛残年也不过如此。很好!!"

森罗嗤笑道。茉希站起身,说:

"休息一会儿吧。"

"欸?就差一口气亚瑟就要归西了,再坚持一下嘛!!"

森罗阻止说。可就在这时,他的肚子突然咕噜了一声。茉希微笑着说:

"爱丽丝去慰问火灾遗属了,刚好也在回来的

（晕厥）

路上。女生们一起做消夜吧？”

“好嘞！”

环立刻举起手。

“你说呢？中队长！”

“就凭你们……真让人不放心……”

已经找到相关报告的火绳头也不抬地说道。

“太伤人了……你放心吧。”

茉希噘着嘴带着环向厨房走去。

森罗一边确认资料，一边期待着茉希亲手做的料理。

“啊啊！！”

突然，厨房传来一声尖叫，紧接着就是厨具被打翻发出的叮叮当当声。

“出什么事了？！”

森罗赶忙前去查看情况。

“喂！！日下部，不许看！！”

环大叫着，仿佛下一秒眼泪就会夺眶而出。不知怎么搞的，她全身空荡荡的，只穿着一条围裙。头顶生出焰耳，身后伸出两条摇曳生姿的尾巴。

焰耳和焰尾来自第三代能力者环的起火能力"猫妖"。而裸体围裙则要归功于环的能力（?），也就是在空无一物的地方也能诱发性感意外事件的"被吃豆腐"体质。

"你究竟做了什么变成这副样子的！下面不是穿了工作服吗！！"

茉希惊讶地大叫着。森罗的脸红得发烫。

"那些常识对她不起作用。"

"怎么了？"

前来巡视的火绳看到此番景象，深深地叹了口气。

"哎……环和茉希回去工作吧。我来做饭。"

把二人赶出厨房后，火绳说：

"森罗，过来帮忙。"

接着他有条不紊地准备做饭。

"欸？好的……"

森罗心不在焉地站在火绳身边剥洋葱皮。

（小象……我该怎么办……）

突然，火绳开口了：

"你没事吧？"

"欸……啊，烦人！剥洋葱皮什么的我还是会的。"

森罗手里握着洋葱答道。

"要是不方便跟我说的话，你可以去找大队长。"

火绳一边切着胡萝卜一边说。森罗一下子愣住了，停下了手上的活儿。

"手不要停。"

火绳立即将菜刀指向森罗，面无表情地继续说道：

"我很喜欢第8队。也希望你们这些新人能够信任我们第8队。"

过了一会儿，二人继续一言不发地做饭。结束后，森罗把盛菜的碗碟放在托盘上，开口道：

"火绳中队长……"

"我也很喜欢第8队……也十分信任樱备大队长和火绳中队长。谢谢。"

"……是嘛。"

火绳的回复很简短。

森罗也觉得如果这样不清不楚地继续下去，只会徒增混乱。

（答案是确定的。无论如何都要遵守"约定"，小象……）


"饭做好了！！"

听到森罗的话，被事务工作折磨得精疲力竭的队员们立刻欢呼起来。

已是风烛残年的亚瑟竟也瞬间满血复活。森罗不禁咂了咂嘴巴。

"好厉害！！这是日下部做的吗？！"

环看着托盘上摆放着的豪华料理，感叹道。

"不是，几乎都是中队长……"

说着，森罗把料理搬进食堂。

大家分工协作，将盘子在餐桌上摆放整齐。茉希捅了捅森罗的后背。

"我刚才和环也说过了……你是不是肚子疼？打从你回来，看起来就有些奇怪……"

"欸？"

不光是中队长，看到森罗采买后归队的样子，其他的队员们似乎也都很担心他。

（大家好亲切啊……除了亚瑟。）

森罗被幸福笼罩着，抬手擦了擦鼻子。

森罗离开后，厨房里只剩下火绳在善后。

这时，樱备东张西望地溜了进来，似乎很在意周围人的目光，他问火绳：

"森罗看起来怎么样？"

"对第5和第1队进行调查这件事给了他很大的压力……"

火绳心想，这几日一直在调查其他队伍，这对刚入队的森罗来说或许担子有些重了。

他洗完碗碟，回头微笑着说：

"你所召集的第8队成员里没有懦夫。他可以的。"

听罢，樱备稍稍松了口气。

火绳话题一转，接着说：

"还有，樱备大队长。刚才递给你的报

告书——"

火绳刚刚从材料堆里找到了一份可能有关的报告书，交给了樱备。

"我看了。"

樱备敛色，点头说道。

"也让大家看看吧。"

用餐后，队员们被召集到大队长室。

茉希看着眼前的报告书：

"啊！好怀念啊……"

"这是第8队成立后第一次出动时的报告书……"

森罗突然发问：

"说起来，第8队是怎么成立的？"

"我从来没问过入队前的事情。"

慰问遗属后归队的修女爱丽丝也目不转睛地看着樱备和火绳。

"的确。队员增加了，这个问题也与第8队的精神建设有关——中队长！！"

樱备突然把任务抛给火绳。

"为什么是我？"

"你比较会说。这是命令。"

"……"

队员们满含着期待的目光。火绳缴械投降般闭上了眼睛，又忽地睁开，走到队员们跟前开始讲话。

# 第32章　第8特殊消防队成立

三年前——

当时，还是军人的火绳正在东京皇国军横田基地的食堂里和同事灯城一起吃饭。

虽然那时他还没有戴上如此低级趣味的帽子，但棕色短发和凶狠的目光与现在毫无二致。

火绳说："最近，好像'焰人'的案件数量又增加了。"

"除了巡逻和逮捕嫌犯，我们也有其他该做的事情吧。"

灯城认真地回答说。他的头发是黑色的，看上去很亲切。

"'焰人'是特殊消防官的职责……别瞎掺和。"

火绳目光尖锐地看着灯城。

"火绳中士！"

一个看上去和基地食堂格格不入、手腕纤细、梳着马尾的年轻女生神色紧张地向火绳敬了一个军礼。

"我先失陪了！"

灯城的目光一直追随着她离去的背影，问道：

"没见过这个人……难道她是……"

"尾濑中将的女儿，茉希尾濑二等兵。"

火绳把吃饭时摘下的眼镜重新架回鼻梁。所谓中将，在军队中可是相当重要的职务。

"但她也太瘦了……不要紧吗？"

对于军人来说，茉希的体型太过纤弱。灯城有些担心。

"她比别人都要努力。训练强度也比要求的大得多。过不了多久，就能练出足够的体力吧。"

火绳边吃饭边回答。

"明明是大小姐，还挺能干的嘛。"

"但归根到底，她是走后门进来的掌上明珠。太过善良……完全不适合做军人。被逼到走投无路的时候会立刻精神崩溃。现在的努力不过是竹篮打水一场空罢了。"

火绳的话丝毫不留情面。

灯城叹气道：

"你还是那么严苛……既然这么努力就助她一臂之力吧。"

然而火绳依旧态度强硬。

"无用的努力不能称之为努力，和懒人没什么区别。"

"你……对这么可爱的女孩还真下得去嘴啊。"

"那是因为灯城你太温柔了。"

"啊，对了。"

灯城突然将一把枪放在桌子上。

USP9mm——军人的常见配枪。

"那把枪怎么了？"

"向特殊消防队学习，拿去教会受洗了。"

"又做无用功。"

"没用吗？受洗过的枪和没受洗过的相比……要是被击中，受洗过的枪击中岂不更好？"

然而，灯城热情洋溢的话只换来了火绳略显困惑的表情。

"怎么样，火绳？要不要去教会把你的枪受洗试试？或许你的想法就能有所改变。"

火绳轻轻叹了口气，他把两人用过的餐盘摞好，站起身。

"我不相信什么太阳神。你也不是圣阳教徒。就算受洗过，被打中的结果也不会改变。"

"毕竟和你待久了……知道你会这么说。"

看到灯城并没有因为自己的话而生气，火绳感到有些意外：

"像你这么温和的人，为什么会和我在一起？"

"火绳，你并没有像你自己想的那么冷酷。"

灯城直直地看着火绳，回以温柔的微笑。

"毕竟你连我的餐具都一起收走了。"

"收拾一个还是两个有什么区别吗？这只是出于我的理性思考。收一个盘子就是好人？你啊，以后还会上坏女人的当。"

灯城苦笑。

"的确有那么几次惨痛教训。哈哈哈。"

二人离开食堂，回到宿舍。

那天晚上。

火绳对正在窗边读书的灯城说：

"我先睡了。"

"啊，晚安。"

说完，灯城又立即把视线挪回书页。

惬意的晚风从打开的窗子外吹进来。这是紧张工作中短暂的休息时间。

灯城正要翻书页，突然嗅到一股焦煳味。

好像近在咫尺的某样东西正在燃烧。

他低下头，手头正读着的那本文库本冒着火光。

慌乱之下，灯城赶忙将书丢在地上，结果发现自己的指尖正向外蹿动着火苗，他瞪大双眼，发出凄厉的惨叫：

"呀啊啊啊！！"

"怎么了?!"

听见叫喊声的火绳拿着枪从床上跳起来。

眼前，灯城的头颅和身体正在被火焰蚕食着。

"灯城?!"

火焰已经吞噬了灯城的左半身。

人体自燃现象发生了。

人类身体突然开始起火，便成为"焰人"。而这些人会失去自我，陷入暴走状态。

"火绳！！开枪！！快向我开枪！！趁着'焰人'还有意识！！"

灯城用尚存的那一点点意识拼命地乞求着。

然而，火绳却动弹不得。

他拿着枪，呆立在灯城面前。

不一会儿，火势越来越大，已经彻底将灯城的身体裹住了。

"快点开枪！！开枪！！"

从灯城燃烧着的眼眶里，火焰如同泪水一样夺眶而出。

火绳端起枪，走到离灯城最近的位置。

一旦成为"焰人"，只有灭杀才能熄灭缠身之火。

没有其他可以拯救的办法。

如果这件事一定要做，那么灯城的命——干脆

就由作为他朋友的我……！

"啊啊啊啊啊！！"

灯城痛苦地尖叫着，似乎仍残留着意识。

就在火绳咬紧牙关，准备扣动扳机的那个瞬间，脑海中又掠过食堂里二人的对话。

"受洗过的枪和没受洗过的相比……要是被击中，受洗过的枪击中岂不更好？"

火绳手里端着的是还未受洗过的枪。真的可以用它开枪吗？这样真的能拯救灯城的灵魂吗……

火绳勾住扳机的手指迟迟未动，这时其他队员们拿着枪闻声赶了过来。

"火绳中士，危险！快撤退！！"

所有人一起把枪口对准了灯城——"焰人"。

"准备射击！！"

"稍等……"

就在火绳脱口而出的瞬间，弹如雨下，疯狂地扫射开始了。


突突突突突！！

只有破坏心脏部的核心才能消灭"焰人"。

面前，灯城那张在枪林弹雨中逐渐扭曲的脸似乎想要对火绳说些什么。


火绳——你——


"……目标静默。为防止火势蔓延开始喷洒灭火剂。"

终于，"焰人"一动也不动了。队员们喷洒灭火剂后，着手进行善后工作。


为什么没能开枪……

我下不了手……


灯城倒在地上，浑身沾满了灭火剂。火绳就那么怔怔地跪坐着他身边。

灯城死后，过了几天。

这日，火绳不当班，于是穿着便衣走在街上。

他外面套着带毛领的厚夹克，里面的肩挂枪套里藏着一把枪。

识别编号A3-056——是灯城的枪。

火绳向军队提出申请，将这把枪更换到自己名下。

（那个时候，为什么没能开枪……？）

他把灯城的遗物挂在胸前，一边漫无目的地在喧闹的大街上走着，一边不住地自问自答。

枪无论是受洗过还是没受洗过，击中后的结果都不会改变。火绳原本是这样认为的。

这时，特殊装甲消防车——俗称"火柴盒"鸣着警笛从他身边飞驰而过。

"特殊消防队……是'焰人'吗！？"

特殊消防队前往的地方应该有"焰人"出没。

火绳一下子清醒过来，拔腿紧追着"火柴盒"。

（去了又能做什么！？我是军人！不是特殊消

防官!)

思绪乱如麻,但火绳并未止步。

"火柴盒"减速,在商店街的一个围着黄色"禁止入内"警示带的角落前停下。

滚滚黑烟从二层的店铺里蔓延出来,普通消防员们正在整理现场。

"蓝线到了!!"

"镇魂结束之前,做好普通市民的引导和火势蔓延的确认工作!!"

消防员的呼喊声中,一群身穿蓝线防火服的特殊消防队员从"火柴盒"上下来。

防火帽的正面写着硕大的数字"3",看来他们是第3特殊消防队的消防官。

"报告!!我是负责现场指挥的普通消防员秋樽樱备!!"

一名体格健壮的短发消防员走到特殊消防队的面前。

"听说'焰人'有两名?"

站在最前面的一名男子问道。他蓄着胡须,目光恶狠狠的，好像是这个小队的队长。

"是，有两名，但所处方位不同。"

樱备补充说：

"一名较为好战，现在在包围圈内逃窜。另一名很老实，还留在商店里。"

站在后面的几名消防官接到报告，扬起嘴角笑着说：

"两名中的一名……"

"赚不了几分啊。"

"分数……"

听到这，樱备颜色骤变。

"情况我们已经了解了，普通消防员先撤退吧。"

络腮胡小队长下令后，队员们仍旧肆无忌惮地交头接耳。

"这回赶上一个好战的，真令人期待啊。"

"毕竟最近的镇魂都太索然无味了。"

"谁去处理无聊的那个？"

然而，队长不但没有对队员们施以警告，还冷酷地下令：

"好不容易有一个生龙活虎的。分数低的那个先不用管。反正他也不挪窝。"

警示带的外面，火绳一动不动地目睹着这一切。

（都说特殊消防队以慈悲为怀……居然也有和军人一样的家伙啊……）

被冷落的那名"焰人"所在的商店门前，一个穿着围裙的女人泪眼婆娑地向队长恳求：

"我的丈夫正平静地忍受着火焰……消防官大人……请快点让他解脱吧。"

她应该就是商店里那名"焰人"的妻子。

没有人想成为"焰人"。

平静生活着的人们突然身体开始起火。他们被火焰渐渐蚕食，直至镇魂结束。

所谓镇魂，就是抹杀掉变成"焰人"的人类，同时将他们从火焰中拯救出来。

可是，这个队长看都没看那女人一眼，说道：

"现场要遵循优先顺序。镇魂的程序就交给我们吧。"

从他身后传来一阵肆意的谈话声。

"反正早晚都能抓到。"

"怎么可能现在就做，真无聊。"

队长装作充耳不闻，只说了一声"出发了"。

"等……等一下！！"

那个队长依然不顾女人的苦苦哀求，准备
离开。

这时，樱备突然挡在他面前，

"抱歉……"

樱备的脸色冷峻得可怕。

"让两名队员去追踪，分为两队去镇魂不就好
了吗？"

"我们才是专家。现场有现场的判断。"

"分数吗？"

"没错。"

队长回瞪了一眼。

"给'焰人'分级，将镇魂的成果分数化统计，
以确保部下的士气。和你们不一样，我们的任务可

是要赌上性命的。"

（撒谎……）

旁听着谈话的火绳心想。

（他们只是通过"焰人"的战斗来享乐而已。）

樱备也是这么想的。

"保证士气？葬送某人不需要什么狗屁士气吧？"

樱备沉下声音，难掩怒火。

"外行人少指手画脚。准备洒水就够了。"

队长毫不理会，说完便离开了现场。

樱备横眉怒目地瞪着他的背影，耳畔传来刚才那个女人的自语：

"信男……加油……再坚持一下。很痛苦吧……对不起，我什么都做不了……"

那个女人双手合十，对着店门口默默念着。樱备走到她跟前，提议道：

"夫人，可以的话，我负责对您丈夫进行镇魂。"

"可你是普通消防员……会不会太危险了？"

女人看上去既惶恐又惊讶。

"交给我吧。"

樱备斩钉截铁地说道，随即转身走向特殊消防队乘坐的火柴盒。他在无人的车内随便摸索了一会儿，摸到了一把用来对抗"焰人"的七式消防战斧，把它藏在消防服里。

"与其交给那帮家伙，还不如我……"

樱备站在商店门口，抬头看着浓烟滚滚的二层楼。这时，火绳搭话道：

"消防员，你准备怎么做？"

"你是……"

樱备回过头去。

"我是东京皇国军的武久火绳中士。刚才听到你和特殊消防队的谈话后，我也感到很气愤。"

火绳敬了一个军礼，然后自报家门。他敞开夹克衫，露出了插在枪套里的枪。

"这有一把受洗过的枪。我可以协助你战斗。带上我吧。"

"你是军人吧。"

"你不也是消防员嘛。"

"这里面归蓝线负责。你和我只要越过警示带就会受到严惩。"

樱备话音刚落，火绳就不假思索地撕毁了警示带。这一举动着实令樱备吃了一惊。

"与里面'焰人'所承受的痛苦相比，处罚算不了什么。"

火绳转身看向樱备。

"你也这么认为吧。"

樱备的脸上现出一丝微笑。

二人从正面进店，登上台阶向二楼走去。樱备打前阵，火绳端着枪跟在后面。

上楼的时候，樱备问火绳：

"火绳中士，你有对抗'焰人'的作战经验吗？"

"前几天，我的朋友变成了'焰人'，我用枪瞄准了他……"

火绳迟疑了一下接着说道：

"却下不了手……"

樱备沉默地看了看火绳。火绳兀自继续讲着：

"我不是个虔诚的圣阳教徒……但还是没能用未受洗过的枪开枪……"

樱备打开拉门，看到"焰人"正盘着腿坐在壁龛前，头上蹿动着火苗。

"发现'焰人'……"

樱备念出工作口令，随后语气激动地说：

"火绳中士——我不信奉什么神灵，我只是觉得能为将死的'焰人'做些什么才是重要的。"

火绳似乎感觉到了什么，他一直低头听着。

"洗礼和祈祷也是这种想法的一部分。并且对于镇魂者来说也是一种救赎。"

樱备踏进屋子里，举起了战斧。火绳轻轻按住了他的胳膊，走上前朝"焰人"举起枪。

"我来。"

"哇啊啊啊啊。"

"焰人"发出诡异的叫喊声，从他脸上喷出的火焰变得更加猛烈。

"火焰乃灵魂之吐息……黑烟乃灵魂之解

放……"

樱备开始吟诵祈祷之词。


镇魂就是破坏"焰人"的核心，将他从火焰中解放出来，拯救其灵魂。吟诵祈祷之词是正规的镇魂程序。

"灰烬归于灰烬，灵魂啊……"

火绳紧紧地握着枪，继续唱诵道。樱备对火绳说：

"火绳中士——你真是个温柔的人啊。"

火绳不知道樱备为什么会这么说。但他的脑海里似乎传来了一个声音，是那日灯城用仅存的意识对他说的话的下半句。


火绳——你——


你并没有像你自己想的那么冷酷。


在核心被摧毁的时候，灯城想说的一定就是这些吧。

　　悲伤出其不意地降临。火绳强忍住涌出的泪水，调整一下呼吸。他再次瞄准，扣动了扳机。

# 第33章 白衣人的行踪

镇魂结束后，二人离开商店。附近的街巷已经染上了夕阳的颜色。

樱备看着散落在脚边的"禁止入内"的警示带，敛色道：

"你破坏了规定，会遭到重罚。真的没关系吗？"

"没有问题，我只是单纯地想配合你所谓的正义。"

火绳脱口而出，不带一丝迟疑。樱备微笑地看着他：

"你真有勇气。"

"有勇气的是你。要不是你采取行动，我可能什么都不会做。"

"独自决定独自前行，并非难事。毕竟相信自己很容易，像我这样鲁莽的人也做得到……但是相信他人并为之行动、牺牲自己却需要巨大的勇气。"

樱备把手放在火绳的肩膀上。

"今天的勇者是你——火绳中士。"

"那你就应该是王了。"

火绳说道。相信他人并令其行动。在火绳眼中，樱备有着王者一般的魅力。

樱备认真地沉思了一会，复抬起头：

"虽然要根据处分的情况再做判断，但我今天决定了。"

夕阳拉长了他的影子，他两手攥紧拳头，对火绳宣誓：

"我要成立特殊消防队。如今，普通消防员能做的事情有限……我要成为特殊消防官，追查'焰人'的真相。这满目疮痍的世界，让我怎么坐得住呢？"

樱备不禁热血沸腾起来，他再次面向火绳。

"在这地狱中，我的队伍需要像你一样能把人命摆在首位的队员。"

火绳向上推了推眼镜，直截了当地说：

"如果有那么一天，请叫上我。"


于是，两年后——

二人站在第8特殊消防教会门前。

"这个消防教会就是我们以后的据点。"

樱备叉着腰，抬头看着这座古老的建筑。

"不愧是受排挤的人才住的，破破烂烂。"

火绳不客气地说道。他的头发长长了许多。

"我们的真正目的是调查特殊消防队……虽然在消防长官的帮助下队伍勉强成立了，但其他队可能隐隐约约有所觉察。"

特殊消防队原本的任务是对"焰人"进行镇魂以及追查人体自燃的原因。但由于特殊消防队可能已经掌握了"焰人"发生的秘密，通过与长官的交涉，樱备成立了这个以调查特殊消防队为目的的队伍。

"问题来了，队员只有我们俩吗？你之前可不是这么说的，你说要组建一支优秀的队伍。还要涨工资，一本正经地物色队员什么的……没问题吗？

不是诈骗新人吧？！"

　　火绳的连连追问丝毫不给樱备喘息的机会。

　　"啊……不是……把信得过的队员召集起来的确很有难度……"

　　"唉……"

　　火绳叹了口气，说：

　　"我就知道会这样……其实我倒是有个不错的人选。"

　　"她是我当兵时期的后辈。虽说比任何人都要努力，但作为军人却难以胜任。她比任何人都要心地善良，总是优先考虑别人——很适合你的第8队。"


　　"欸？"

　　话题突然转到了自己身上，茉希一时摸不着头脑。

　　"不愧是茉希。"

　　森罗感慨道。

　　"欸——"

亚瑟似乎感到有些意外。

"什么？我还以为自己只是作为肉盾才被接收的。没想到中队长这么夸我……哎……哎呀……哎呀呀……好开心……"

茉希扶着脸颊，快要喜极而泣了。

"话说，茉希居然曾经那么瘦过，不可思议啊。"

亚瑟口不择言地说道。

"你说谁是独眼巨猩？"

茉希抛出了希腊神话中登场的怪物的名字，随即勒住了亚瑟的脖子。

"疼，我说了疼……"

亚瑟痛苦地嚷道。

"中队长，辛苦了。"

樱备向火绳示意后，面向大家：

"第8队的精神自成立起丝毫未变！对将死之人，我们心怀敬意，用心祈祷——将生者从火焰中解放出来——尊重人的生命。"

队员们挺直腰杆，认真听着樱备的讲话。这时，森罗开口：

"冒昧地说一句，我有件事想禀报。"

他心意已决。

"其实……"

森罗一五一十地开始讲起——

他遇见 Joker 的事情，弟弟可能还活着的事情……

以及，弟弟是传教者的同伙、骑士团团长的事情……

如果是第 8 队的伙伴，他可以无话不谈。

"这些情报是从 Joker 那里听说的。"

说完，森罗静静地等待着大家的反应。

"原来如此……"

樱备面露难色。

"但这都是 Joker 所言吧，可信吗？"

与森罗一同对战过 Joker 的亚瑟罕见地露出严肃的神色。

"Joker 就是那个突然出现在新人大会上威胁消防官的男人。"

环插话道，她曾经也与 Joker 战斗过。

"这一次他或许也是为了引起混乱才传播这些奇怪的情报吧。"

"我一直都认为弟弟已经在十二年前的那场火灾中尸骨无存了……所以也无法相信他的话。"

"如果是这样……"

环越说越起劲。樱备打断了她，手搭在森罗的肩上。

"森罗……情报的提供者是谁并不要紧。弟弟还活着这件事，你是愿意相信，还是不愿意相信？"

"我愿意相信！！"

森罗毫不犹豫地回答。

"对吧。"

樱备拍了拍森罗的头，搂住他的肩膀，对大家说：

"那么，第8队也只有相信了。"

火绳依旧操着冷静的口吻。

"追查传教者的任务依旧不变，但是我们所制定的计划需以森罗的弟弟还活着这件事为前提。"

那么，第8队也只有相信了。

追查传教者的任务依旧不变，但是我们所制定的计划需以森罗的弟弟还活着这件事为前提。

谢谢

森罗心中的那团火被点燃了，他向大家低下头：

"谢谢！"

"——说来话长，这是一份森罗和亚瑟尚未入队、修女和茉希刚刚加入第8队时的调查报告。"

火绳开始就发现问题的报告书一事说明。

"那是个大热天……第一次出动，大家都有些紧张。镇魂虽然顺利结束了……"

听火绳的描述，那是起疑点重重的案子。

"焰人"化的牺牲者穿着清一色的白衣。但在遗物中发现一个罕见的红色十字架。死者没有家属，遗物也被所在公司慌张地赶来收走了。

"经调查，那家公司至今仍然存在。"

火绳环视了一下队员们，说道：

"地点在浅草——第7队的辖区。"

# 第 34 章　最强消防员

第 7 特殊消防队的辖区，浅草。

"瞧一瞧，看一看！！"

"便宜的汽水！烤鸡杂串、文字烧，还有啤酒嘞！"

大街上，充满活力的叫卖声此起彼伏，好不热闹。

这条街还残存着皇国成立之前的文化，从懵懂小儿到耄耋老翁，人们日常都穿着和服。

一个身穿短外褂的年轻男子正抱着胳膊，大摇大摆地走在浅草的这条中央大街上。

从他黑色的刘海下露出了一双眼睛，右瞳为圆，左瞳为叉。

他就是第 7 特殊消防队的大队长，新门红丸。

"喂，小红。没事来我这儿坐坐呀。"

摊主搭话道。

红丸看上去心情很是烦躁，他装作没听见继续

向前走。这时……

"红丸，我做了一些大福 ①，你带回去吧。"

一位身材娇小的老奶奶叫住了他，手上拎了一个裹着大福的包袱。

"啊？说了多少遍了，甜的东西我不要，老太婆……"

红丸虽口出不逊，却还是接了过来，把包袱扛在肩上接着往前走。

"哟，小红!! 三日不见，过得好吗?!"

这回，眼前出现的是一个方脸粗眉的大汉。

"你不在，酒都不香了!! 今晚你必须陪我喝一杯!!"

"这帮家伙怎么都那么烦人。"

红丸一路上嘟嘟囔囔，终于走到了第7特殊消防队的执勤房。

这是一幢二层木质结构的建筑，旁边还修建了一座宏伟的望楼。

一层的门口挂着拔染门帘，上面写着一个大大

---

① 一种点心，夹心糯米团或麻糬。

第7特殊消防队执勤房

我最喜欢老不死的臭老太婆做的大福了!!

嘿嘿嘿嘿

不做大福的老太婆不如死了才干净!!

（小丫头）

的"七"字。红丸从门帘钻进去，把包袱放在玄关的横框上。

"老太婆做的大福。想吃的随便吃。"

红丸冲着里面说道。

话音刚落，两个长得一模一样的娇小玲珑的女孩子突然探出头来。她们分别是日影和日向。

她们穿着短款和服，手藏在两个宽大肥硕的袖筒里，头上扎着金黄色的蝴蝶结。

长相也近乎一样，只是头发的分线不同而已。

"我最喜欢老不死的臭老太婆做的大福了！！"

"不做大福的老太婆不如死了才干净！！"

"嘿嘿嘿嘿。"

两人恶言恶语了一通，齐声咯咯地笑了起来。

"你们俩啊……"

红丸刚要指点两句，只听两个小女孩又讨人嫌地齐声道：

"怎么了？少主，这里不接待投诉。"

"都是从少主你那里听话学话来的……"

刚才那个长发束起、一起参加了大队长会议的大个子说着，走了进来。他就是第 7 队的中队长，相模屋绀炉。

"这里不接待投诉。"

"瞧，就是那句。"

绀炉立即吐槽说。

"大福真好吃。这就是老不死的老太婆的最后光辉啊。"

"啊嘿嘿嘿。老太婆死得光荣，真香。"

日影和日向一边咀嚼着大福一边骂骂咧咧。红丸看着她们说道：

"我还没那么毒舌。"

绀炉沉默一会儿，随即又似乎想起了什么，开口道：

"对了，少主……"

"刚才第 8 队的那帮人来电话。为了搜寻之前的传教者，他们好像想强行进入第 7 的辖区搜查。"

红丸眉头微微一紧：

"麻烦死了，不要理他。"

"第7队并没有接受皇国的命令追查传教者。不过要是传教者先来挑事儿的话，我就陪他们玩玩。"

"少主！！绀炉中队长！！不好了！"

二人说话的工夫，头上缠着白色手巾的第7队队员突然从门帘后面闯了进来。

"我劝了，但他们非要硬闯！！"

"对不起……我们是刚才跟您联系过的第8队。"

樱备带领着队员们依次走了进来。

"我们已经来了……"

"啊？！"

红丸在玄关的横框上坐下来，抬头怒视着：

"这么急着过来，是想做什么？"

"根据消防官规定，先打声招呼比较好吧？但我听说新门红丸大队长最讨厌繁琐的手续，所以我们就直接过来了。"

樱备提到红丸名字的时候，特意采用了原国式的称谓。听了他的话，红丸答道：

对不起……
我们是刚才跟您
联系过的第8队。

我们已经
来了……

啊?!

"既然来了就来了吧……无妨。"

他站起身，来到樱备跟前。

"不过，传教者的调查什么的我管不着，但我们的地盘可不允许外人捣乱……第7队有第7队的做法。"

"你在大队长会议中途就退席……是打算一直无视传教者吗？"

"不管是传教者还是白衣人，都是皇国认定的敌人吧？实话就是，我一点兴趣也没有。"

"传教者正在人为地制造'焰人'。接下来，这里的居民很有可能成为他们的目标。"

樱备的口吻带着些许挑衅的意味，可红丸仍旧无动于衷。

"那是皇国自己说的吧？我又没亲眼看到那帮人是不是把人变成'焰人'。我不想傻乎乎地就信了。"

"所以，我们为了确认此事，才来到这里。"

樱备耐心地劝说着。

森罗也紧接着说：

"我亲眼所见!!与传教者有密切关系的男人将人变成了'焰人'!!"

"我才不管皇国的走狗看到什么。连怀疑之心都没有的狗的话,我不想听。"

说罢,红丸背过身去。这时……

"疑神疑鬼却什么都不做的人也配说我。"

森罗怒火难抑,终于爆发了。

"挺威风啊,臭小子……"

红丸停下脚步,回过头来。

"森罗!我们不是来吵架的。"

"就得吵架!!如果他们这副嘴脸!!"

森罗不顾樱备的劝阻,他指着红丸,大声呵斥道:

"第7队大队长!!你就是最强消防官吧?!由于你太过强悍,以至于皇国不得不承认这个'街道防火办',让你做消防官。那么这回,我就要做一次'暴揍你一顿让你认错的男人'!!"

"火灾和打架是江户的精华吗?"

森罗和红丸怒目相视。

突然，

铛铛铛！！

"着火了！！着火了！！"

从外面传来了警钟和报告火灾的声音。

绀炉："都怪少主的乌鸦嘴……"

"可恶……"

红丸面色不悦：

"在我回来之前给我消失。"

说完他就出去了。

远处的屋顶上升起一股股黑烟。

红丸向身边的队员问道：

"是'焰人'吗？"

"是那个讲排场的勘太郎！！"

队员口中说的就是刚才邀请红丸喝酒的那个方脸大汉。

"刚才还请我去喝一杯呢……"

红丸边嘀咕边叹气，右胳膊从外褂里伸出来，露出肩膀。

"避难都结束了吗？地点呢？"

他一面询问着队员，一面抄起比自己高一倍的队旗。

"队员们以队旗作为各个地点的标记！"

这时，几杆旗帜从屋顶的后面露出脸来。

红丸深吸一口气，用响彻整个浅草的声音说道：

"三丁目的勘太郎变成'焰人'了！！"

话音一落，"咿呀！嘿呀！咿呀！嘿呀！"

伴随着呼喝声，队员们上下挥舞着队旗。

"庆典准备开始了！！"

红丸说道。

"他要干什么……"

在森罗一行人的注视下，红丸将队旗高高举过头顶，像投枪一样，奋力将其投掷了出去。

队旗上的流苏被点燃，它以导弹之势冲向几十米开外的排屋。


嘭嘭嘭嘭！！

"民宅！！"

森罗大叫。

第7队的队员们却丝毫不惊讶，反倒煽风点火：

"少主！！杀杀他们的威风！"

"他们在说什么……"

森罗目瞪口呆。红丸又拿起一杆新的队旗。他抓着燃烧着的旗杆，一下子跃上了高空。

"飞走了……"

亚瑟呆呆地说。

"那个大队长究竟有什么能力？"

森罗感到十分不可思议，惊讶地目送着红丸。

红丸飞过几幢房屋，发现了着火的"焰人"正站在小巷正中央，于是从空中大声喝道：

"原来你在这啊，臭老头。"

"少主！！"

第7队的队员们一齐将手中的队旗投掷到半空中。

流苏被点燃，队旗好似火箭一样浮在空中，聚集在红丸的身边。

（嗖嗖）

红丸将手中的队旗丢向地面，其他队旗也紧随其后，冲向"焰人"周围的房屋。

"那个人是在毁灭城镇而不是'焰人'。"

森罗震惊地看着被瞬间摧毁的小镇。

"房子再建就好了。"

给红丸送大福的老奶奶站在森罗身边，眯着眼睛说。

"但是变成'焰人'的勘太郎的命却没有第二次了。"

一旁。

"怎么回事。不光能起火，还能操纵吗……"

"那个队旗可能有什么机关……"

亚瑟和茉希边聊天边注视着被破坏殆尽的小镇。

茉希和火绳这些第二代能力者擅长操纵火焰，但自身无法起火。而森罗和亚瑟这些第三代能力者虽然能自身起火，但无法像第二代那样自由操纵火焰。

"少主具备第三代的起火能力和第二代的火焰

操纵能力。"

绀炉答道,

"随心所欲地起火,轻而易举地控制火焰。他是独一无二的炼合消防官。"


"瞧瞧,勘太郎!!"

一片断瓦残垣中,红丸张开双臂,对面前的"焰人"大喊:

"城镇已经破烂不堪了!! 你这为老不尊、撒泼胡闹的臭老头!!"

"呃呃呃呃啊——"

"焰人"怒吼着,似乎在回应红丸的话。

"真是的……不愧是好讲排场的你啊,对吧?"

红丸慢慢走近"焰人",右手一拳击穿了他的心脏。

"焰人"被自己的火焰一点点吞噬,身体开始扭曲。

红丸安慰地说道:

"真是辛苦你了。"

"焰人"将手轻轻搭在红丸的肩膀上，逐渐焚烧殆尽了。

森罗背着刚才的那位老奶奶，在近旁注视着这一切。

"谢谢你让我见到勘太郎最后一面。"

老奶奶从森罗的背上下来，她一面看着红丸，一面温柔地对森罗说：

"对于第8队的消防官来说，红丸的镇魂有些粗暴吧？就像圣阳教的祈祷一样，破坏城镇也是一种供奉。"

虽说排屋已化作一片废墟，但镇上的人们看起来却兴高采烈的。

"这个世界上，任何人都对'焰人'化心存恐惧，寻觅着自己的葬身之地。这里的人们觉得既然一定会死，不如让红丸来镇魂，所以才聚集在这里。想死在浅草的破坏王新门红丸的手上……"

原来他还有如此善解人意的一面……听了老奶奶的话，森罗静静地看着"焰人"消失后伫立在烟尘之中的红丸。

（虽然方法有别……但其精神或许与第8队是相同的……）

小镇的善后工作开始了，红丸只身回到执勤房，在玄关的横框上坐下。

装大福的包袱一直搁在那里。他顺手拿起一个，咬了一口，茫然若失地咕哝道：

"好甜……"

# 第35章　浅草开战前夜

大街上，太鼓声大振，热闹非凡。第7队的队员们正在放烟火。

破败的小镇里，居民们仰望着空中绽开的烟花，一片欢声笑语。

"像庆典一样啊。"

樱备对这突如其来的文化差异感到困惑。

火绳说：

"和原国式的告别式不同，这应该是这里特有的吊唁方式吧。"

红丸将第7队队员召集至执勤房门口，下令道：

"工人们先去修缮房屋！！这次因吊唁勘太郎而家里被毁的人暂时先在执勤房里待着，修缮完成之前，我们会照顾好大家的！！"

队员们一齐出动。

森罗见状，对樱备请示道：

"大队长，我可以去帮忙修缮吗？"

"小镇的修复工作不结束，我们也无法让他们协助调查……你去吧。"

获得樱备的允许后，森罗立即把修理房屋所需的木材扛在肩上。

"喂……"

恰好路过的红丸叫住了森罗，眼神似乎在说"又在多管闲事"。

"也让我们第8队来帮忙吧！！我的能力可以轻松完成搬运和高空作业！！"

说罢，森罗不等红丸开口就燃起脚后跟的火焰，蹿到了空中。

另一边，第8队的其他队员们也各自发挥长处，帮助第7队完成工作。

"我先把这边的瓦砾挪开！"

樱备凭借自己壮硕的体格和力气来搬运堆积如山的废料。

"焊接就交给我吧！！"

亚瑟掏出指尖大小的等离子剑——迷你王者之

剑，熟练地修补金属柱子上的裂痕。

作为擅长操纵火焰的第二代，火绳一丝不苟地操作着打钉机，将钉子打在正确的位置上。同为第二代的茉希并没有使用能力，而仅凭腕力就高高举起了连拥有健美身材的第 7 队队员都束手无策的巨型设备。

"嘿哈——！！"

而启动了"被吃豆腐"体质的环，明明什么都没做，上半身就已春光乍泄。

"喵啊啊啊！！"

她生出焰耳和焰尾，大声尖叫着，吸引了第 7 队队员们的目光。


就在第 7 队和第 8 队的队员们携手修复小镇的时候，在浅草外的一家独栋住宅中，三个穿着白衣的人影正在紧闭的房间里秉烛密谈。

一个声音些许高亢的白衣人说道：

"浅草的药研大街上停着第 8 队的'火柴盒'……为什么第 8 队会进入第 7 队的辖区……"

一个用布蒙面的白衣人回复说：

"第8队为了烈火一事去调查第1队。或许对我们已经有所察觉了。"

另一个体格壮硕的白衣人问道：

"传教者怎么说？"

蒙面的白衣人用指尖做了一张燃火的弓，说道：

"'灭了'。"

"之前是我失手了。准备好'虫子'和陷阱。"

房间一角的箱子里堆满了小玻璃瓶。

小瓶中，制造人工"焰人"的"虫子"蠢蠢欲动，仿佛正在等待出场的机会。


日落西山，忙碌的一天快要结束了。在执勤房深处的一间和室里，绀炉赤裸着上身，红丸正在给他的肩膀上贴膏药。

"这点事情不用劳烦少主。"

绀炉惶恐地说道。

"年轻人好不容易才松了一口气，至少这些就

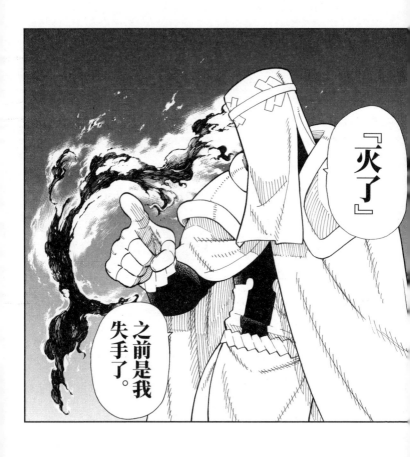

交给我吧。"

红丸不容分说地撕开膏药的封口。

"对不住……抑制剂快用光了。得去灰岛订购一些……"

绀炉的身上到处都残留着烧焦的痕迹。红丸将膏药敷在其中一个上面。绀炉发出了一声低沉痛苦的呻吟。

"很痛吗?"

红丸关切地问道。

"没事……只是冰了一下。"

"原本,绀炉你应该做大队长的……"

"这里是粗人组成的第7队,无法参战的家伙怎么能服众呢?"

绀炉平静地露出微笑。

"哇——!!"

拉门被打开,日影和日向跑了进来。

"绀炉!!"

"少主!!"

"喂,等一下。"

森罗追赶着二人，进到房间里。

绀炉："怎么了？"

"那个混蛋小鬼追着说要吃掉日影和日向，真是胡来。"

日影和日向中的一位答道。

"明明是在陪你们玩捉迷藏，居然骂我混蛋小鬼。"

森罗既愤怒又不解。

"再也不给你们表演火焰陀螺了。"

"火焰陀螺？"

绀炉反问道。

"那家伙能从脚上喷火，咕噜咕噜转得可厉害了，跟个蠢货似的。"

又是双生儿其中一位答道。

"那叫霹雳舞！霹雳舞回旋！我不蠢，帅得很呢！！"

绀炉微笑着看着他们。

"真对不住第8队……不光帮助我们修缮，还要照顾这两个小鬼。"

"没关系，我不讨厌照看小孩……好吧，再给你们表演一次火焰陀螺，走吧。"

"烦死啦，不要对我们发号施令！！"

森罗想方设法把二人带走了，房间里又恢复了平静。

"第8队的人相处起来还不错，和其他特殊消防队不是一路人。"

"是吧……"

红丸点点头，没多言，接着重新卷起绷带。

"调查一事，你会协助吗？"

"如果你是大队长就会这么做吧？"

红丸反问道。

绀炉转过头，语气略显焦躁地答道：

"少主，你当选大队长并不仅仅因为你的能力强。第8队来协助我们也是因为少主……"

"我知道。"

红丸打断了绀炉的话。

"那句话我听得耳朵都生茧子了。只是我不适合……做人上之人。快点，转到前面去，我没法帮你缠绷带了。"

红丸终结了对话。他把手搭在绀炉的肩上，表情温和地说：

"我会帮忙的。我不讨厌第 8 队那群人。"

# 第36章　愤怒的炼合消防官

在执勤房门前的马路上，森罗以头为轴，双脚喷火，滴溜溜地飞速旋转着。

日影和日向一边看着森罗的表演，一边甩着袖子，喧闹不休。

"呀，好像个蠢货啊！！"

"哪里蠢了？"

森罗停下问道。

"特意表演给你们看的……该表扬几句吧！！"

"啊！！少主！！"

日影和日向朝执勤房方向望去。森罗见状也转过身，看见红丸从门帘后面钻了出来。

森罗挺直腰杆，敬了个礼。

"我是二等消防官，日下部森罗。刚才失礼了。"

红丸用随意的口吻回复说：

"啊……无妨。"

森罗稍稍压低声音，问道：

"那，那个……绀炉中队长还好吗？"

他身上那些烧焦的痕迹是第三代滥用能力、不断逼近"起火极限"所致，身体会逐渐碳化，也就是所谓的"灰病"。

红丸面色沉重地问：

"你是第一次见到吗？"

"我在训练学校的时候学过，但亲眼见到还是第一次。"

"那个时候，我……"

红丸的眉头紧蹙，表情愈发严肃，好像在懊悔着什么。

（那位中队长……难道发生了什么哪怕身体碳化也不得不使用能力的事件吗……）

森罗凝视着红丸的侧脸。这时，红丸脸色的神情又变回原来的样子，问道：

"你叫森罗对吧……我有事要和你们大队长说。他在哪里？"

"对了!! 大队长也拜托我来请新门大队长!

他现在正在那边和火绳中队长说话。"

被告知地点后，红丸离开了执勤房。

夜晚的浅草万籁俱寂，白天的热闹景象似乎是一场谎言。

这里的建筑几乎都是木质的平房或二层小楼，没有林立的高楼，也没有耀眼的照明。只有铺满夜空的星星在一闪一闪。

临近目的地的时候，红丸听见巷子里有说话声传来。

"这里吗……"

红丸转过弯，看见樱备和火绳正在里面的暗处谈话。

"进展还算顺利啊，中队长……"

"是啊。"

"完美地把勘太郎变成了'焰人'。"

"是啊。"

红丸在巷口停下脚步。他清清楚楚地听见樱备对火绳说：

"再多把几个镇上的人变成'焰人'吧。"

此时，森罗等第8队的队员正在执勤房门口和第7队的队员们悠闲地聊天。

"原本是没这个打算的……但通过协助第7队的修缮工作，我们和他们的关系拉近了不少。"

茉希看着正一起玩闹的亚瑟、日影和日向，对森罗说：

"这下要是能得到调查许可就好了……"

森罗答道：

"刚才第7队大队长说要和樱备大队长聊聊，我觉得会允许调查的。"

"虽然只是一些蛛丝马迹，但这样就能继续追查传教者了。"

"第7队大多是原国主义者，所以没带爱丽丝过来……能快点开始调查就好了……"

"不管怎样，已经很晚了……调查要从明天开始吧。"

森罗仰望着夜空说道。这时，第7队的队员前来搭话：

"今天怎么办？回第8队吗？"

"好不容易来一趟，就在执勤房里留宿吧。不知道从哪儿来的一些莫名其妙的人也经常住在那里，所以你们不用介意。"

队员们的提议使得森罗和茉希面面相觑，不知如何是好。突然，

轰！！

排屋的另一边，一道耀眼的火柱冲天而起。

随后，又接连升起几道火柱，逐步向执勤房逼近。

就在森罗等人看得一头雾水的时候，浓烟中，樱备和火绳以百米冲刺之势拼命向他们跑来。

"是因为大队长你吃了第7队的大福！！"

火绳边跑边说。

"我只吃了一个！"

樱备答道，脚步却丝毫不敢慢下来。

"突然这是怎么回事……为什么要揍我们？！

太气急败坏了吧？！"

红丸伴随着熊熊烈焰在二人的身后现身。

他怒气冲冲，双眉吊起，瞳孔被染得血红。

"我要杀了你。"

红丸释放着烈火，怒视着樱备和火绳。

"怎么了？！"

樱备停下脚步问道。

"闭嘴！你们别想活着走出浅草！"

红丸对樱备的话充耳不闻，他把巷道中的花盆、梯子、摆件统统点燃，像发射导弹一样飞了过去。

"哇！！"

樱备和火绳虽然未被命中，但还是被巨大的爆炸炸飞了。

"少主！！怎么回事？！"

刚才和森罗他们聊天的第 7 队队员问道。

"这些混蛋居然企图毁掉这个镇子！还骗人！！"

红丸满脸怒气地盯着樱备和火绳，

（哒哒哒哒）

（轰轰轰轰轰）

"把勘太郎变成'焰人'的就是第8队!!"

"你说我们把勘太郎变成了'焰人'？新门大队长，你在说什么？"

樱备重新站起身，脸上写满了困惑。

"别装蒜了!!"

红丸将一只被火焰包裹着的木盆浮在右手上。

"我可是亲眼所见。"

就在红丸要把木盆丢出去的瞬间，森罗腾空跃起，一脚把它踢碎了。

他落回地面，说：

"我不知道你看见了什么，但请你冷静点!!"

红丸怒回道：

"什么？别开玩笑了。没必要冷静！什么传教者！我亲眼看见你们二人在谋划着将镇子里的人变成'焰人'！我要把你们所有人揍翻然后吊起来!!"

"等一下！我们并不想开战！"

樱备试图说服红丸。

"那就打败我，来证明你的想法！在我们这里，力量就是正义！'不想开战'的话就用拳头来证明吧！！"

红丸的声音响彻了整个浅草。


"放马过来吧，第8队！！我新门红丸奉陪到底！！"

"哇！不清楚是怎么回事，红丸正在和第8队打架！！"

"耶！少主！上啊！！"

闻声赶来的浅草居民们因为突如其来的战事纷纷情绪高涨起来。

此时，屋顶上有两个白色的人影正俯视着这一切。

"离间计用得不错。"

易容成火绳的白衣人窃喜道。

"是啊……"

易容成樱备的白衣人点了点头。

随后，扮成火绳的白衣人又说：

"施行下一步计划吧。"

"到我的身后去……"

茉希一步向前，用身体挡住了樱备和火绳。

"居然躲在女人的身后，第8队都是些胆小鬼吗?!"

红丸在头顶做了一个直径数米的巨大火球，然后朝第8队队员飞了过去。

"大家退后!"


嘭嘭!


茉希向前伸出双手，驱散火焰。

"我也是消防官! 别小看我!!"

"你以为你把我的攻击弹开了吗?"

红丸将手指弯曲成钩状，向前伸去。

四散的火焰立刻围绕着茉希形成了一个圆环。

红丸用力握拳，那个圆环倏地紧缩。

就在一瞬间，茉希向外纵身一跃，她的身后顿时响起巨大的爆炸声。

"茉希！！"

见状，森罗立即蹬地一跃。

茉希借爆炸之势向前翻滚，朝红丸的脸左右连环出拳。

"训练得不错嘛。"

红丸轻而易举地避开茉希的连续出击，趁着她飞踢而来的时候，一把拽住她防火服的裤脚，猛地一拉。

"哇！！等一下……"

茉希一下子失去了平衡，朝恰好前来支援的森罗那边飞了过去。

"呃！！"

森罗抱着茉希，后背狠狠地撞到房屋门口的花台上。

火绳当机立断，拿起枪朝红丸连射。

虽说他通过自身的能力"弹道控制"可以操控子弹的杀伤力，可一旦被击中也不是能草草了事的。

然而，子弹突然在红丸面前停了下来，接着迅速回旋、改变方向朝火绳飞袭而去。

即便如此，火绳仍旧持续射击。

"你那个玩具枪，打多少都没用。"

"我知道没用。"

火绳冷静地答道。

"只是想看看你能同时使用多少第二代和第三代的能力罢了。"

亚瑟从红丸的侧面发起进攻。他的武器是能产生等离子的王者之剑。

红丸纵身一跃，躲过了飞剑。随后在空中华丽地翻腾，在后方落地。

"弹道控制"下的子弹依旧对他穷追不舍。

红丸不紧不慢地弯下腰，右手挡在体前。火焰积聚于指尖。

"居合手刀，一之型——'火月'。"

红丸的手刀破空一斩，停了一瞬后，半圆状的灼人的烈焰突然向火绳和亚瑟袭来。

二人倒下，森罗和茉希也被爆炸的气浪炸飞了。

红丸叉腿站着，大声喝道：

"第8队就这点本事吗？！"

这时，身穿防火服、头戴防火帽的樱备现身了，满脸怒气。

"你对我的队员做了什么。"

他啪地一下放下防火面罩，以不输红丸的魄力说道：

"大队长之间来做个了断吧！！"

（咻）

『火月』

（啪）

# 第 37 章　樱备 VS. 红丸

红丸目光恶狠狠地盯着樱备。

"你为什么要把镇上的百姓变成'焰人'?!"

"不管我怎么解释,你都听不进去吧……那就别废话,赶紧出招吧!!"

压抑着怒火的声音从面罩后面传来,樱备手持盾牌向红丸冲去。

"原形毕露了吧,人渣!!"

红丸伸出食指和中指,火焰一下子从指尖蹿出。

火焰弹与盾牌撞击后发生剧烈爆炸。

火焰之迅猛可将身体壮硕的樱备团团围住。

红丸不停地从指尖喷火,而樱备一面用盾牌从正面抵挡,一面向红丸逼近。

"……你不把火焰抹消掉吗?"

红丸停下手上的攻击,惊讶地问道。对能力者来说,抹消对方的火焰或者使其变化是通常的作战方式。

可是——

"抹消……"

樱备蓦地跃起，瞬间缩短了距离，他举起盾牌大声道：

"我怎么可能做得到！！我是无能力者！！"

所谓无能力者，就是既无法产生也无法操纵火焰的普通人。例如吟唱镇魂之词的修女们，无能力者在特殊消防队中并不多见。

何况，能成为大队长的更是特例中的特例。

"你说什么……"

红丸躲开盾牌后，脚在盾上一踏，随即腾空而上。他燃起火焰，向樱备的面罩踢去。

面罩凹陷了下去，冒出了一股黑烟。

"你不怕火吗？"

"怕！！毕竟那么烫人！！"

樱备毫不畏惧地向前猛冲，夹住红丸。

"如此害怕火焰之人——为何要使坏把勘太郎变成'焰人'！！"

红丸挥起右臂，火焰再一次冲击着樱备的面罩。

"所以我才说有什么误会！！"

樱备退后了几步，反驳道。这时，五杆燃烧着的队旗飞至他的头顶。

"我看得清清楚楚，不会错的！！"

嗵嗵嗵嗵嗵！

红丸右手用力一甩，那些能摧毁数栋排屋、拥有巨大威力的队旗一齐向樱备飞射而来。

"大队长！！"

森罗大叫。

待火焰和浓烟散尽，樱备将那张被五杆队旗戳穿的铁盾丢在地上，大吼：

"第二代第三代又算得了什么！我可是每天都在坚持锻炼！"

樱备把手伸进怀里，掏出一个类似手榴弹的东西。

灭火手榴弹——是一种内装有灭火剂的小型炸弹。

他拉开保险栓，朝红丸脚下滚过去。炸弹燃爆后，灭火剂喷涌了出来。

四下一片雾茫茫，突然，一个灭火器飞了过来，红丸单手将其弹开。

樱备瞄准时机，压低身体冲了过来。

红丸一脚向上踢中樱备的头，右手抵住他的前胸。


轰！


猛烈的爆炸声在樱备的胸前响起。

樱备被炸飞了。但与此同时，他丢出了灭火手榴弹。

白色的爆炸此起彼伏，红丸再一次被灭火剂的烟雾所笼罩。

红丸一动不动，径直盯住前方。烟雾的另一边，樱备挥起特殊消防队的消防棍，奋力下砍。

红丸敏捷地用手刀将棍子削断。

　　两人相峙而立，樱备忽又从防火服的内里掏出大量的灭火手榴弹，丢在自己脚下，红丸立即向后撤退。

　　下一秒，猛烈的爆炸再次冲向二人。

　　虽然手榴弹中装的是灭火剂，但其爆炸的威力却不容小觑。

　　如此近距离的多点同步爆炸，绝不能当成儿戏。

　　"你这家伙……"

　　红丸没想到樱备居然会采用自杀式的袭击。就在这时，樱备从尘烟中现身，用力扭住了他。

　　红丸顺势将腿顶住樱备的腹部，仰面倒下，借力把樱备拉向自己，再抛出去。

　　接着，他骑在仰面朝天的樱备的身上，用手按住他的脸，点燃了爆炸。


　　轰！

这下终于结束了——红丸刚松了一口气，樱备就用他坚硬的防火帽猛地撞向红丸的额头。

　　咚！

　　"啊……总算打到你了……"

　　伴随着升起的黑烟，樱备站起身。

　　"你不知道什么叫畏怯吗……"

　　鲜血从红丸的额头上流下来。

　　"怎么可能畏怯。"

　　在他面前，樱备摘下面罩和帽子，挺直了胸膛。

　　"我可是第8队的大队长！！"

　　"喂，那位小哥是无能力者吧？"

　　"还真让他打到小红了……"

　　观战的居民们个个目瞪口呆。

　　随后，他们开始为二人欢呼起来。

　　"哇哦哦哦！！第8队的大队长也这么厉害呀！"

　　"虽然实力不及小红，但也要加油啊！"

　　一旁目睹大队长作战的森罗也完全惊呆了。

怎么可能畏怯。

（樋）

我可是第8队的大队长！！

"大队长，竟然这么强……？"

"你以为他很弱吗？只不过这种不管不顾的作战方式实在看不下去。"

火绳看着又开始激战的二人，脸上浮现出焦急的神色。

"新门大队长和樱备大队长一样，都有着与生俱来的领导才能。不能让他们再这么打下去了……"

"可是只有赢才能解开误会……"

森罗满面愁容地低声说道。这时，绀炉从执勤房里走了出来。

"这又是闹哪一出啊？"

"好像是第8队把勘太郎变成了'焰人'，他们打得很凶。"

听了第7队队员的报告，绀炉不可置信地看着正在打架的二人。

"什么……这怎么可能……"

"像你这样的男人……我实在无法接受！！"

红丸用那只被火焰包裹着的右手，朝樱备的肚子就是一拳。

樱备丝毫不退缩，双手用力下砍。

红丸伸出手臂挡住攻击，顺势后撤。

"看来不动真格是无法打败你了……"

红丸低声说道。他那双通红又闪烁的瞳孔怒气腾腾地盯着樱备。

"游戏结束了……"

说着，他用右手被火焰包裹的两根手指在身前画了一个大大的圆形。

"他要干什么?！"

森罗目不转睛地盯着红丸。只见，绀炉一脸惊惧地从他身旁跑过。

"不好……"

"居合手刀，七之型，'日轮'。"

红丸的身后升起一个巨大的火轮。看上去，他就像背负着火焰的不动明王一样。

"少主！！住手！！"

『日輪』

绀炉冲到两人中间。

"不能住手，绀炉。你知不知道就是这帮人把勘太郎变成'焰人'的？"

"我要说多少遍你才能懂！你看错了！"

樱备大喊。红丸猛地举起右手。

"看招！！"

就在这时，他的那只将要向下挥动的手被绀炉紧紧地抓住了。

"绀炉！放手！！"

红丸挣扎着想甩开绀炉的手。

"少主，冷静点！！"

火焰从绀炉的肩膀喷泻而出，他死死地按住红丸。

"蠢货！谁叫你用起火能力了？！"

红丸嚷道。绀炉呻吟着，扑通一下跪在地上。

"没事吧？！"

樱备刚想上前，就被红丸拦下了。

"不许过来！！"

绀炉开口说：

"少主！你先听听第8队的解释如何？"

这时，第7队的队员拿来了被褥一样厚实的织布，披在了绀炉的肩膀上。

"中队长，这是冷却布。"

"对不起。"

绀炉稍稍平静后，问第8队：

"你们说是少主看错了，那么那个时候你们在做什么？"

"我和樱备大队长正在镇上的杂货铺里采买缺少的材料。和那边的茉希队员也说过这件事。"

茉希听了火绳的说明后也点了点头。

"是的，没错。"

"什么？"

森罗一听，心生不解。

"怎么了，森罗？"

樱备问道。

"不对……刚才樱备队长告诉我，他们会在小巷里等着，让我叫新门大队长过去……"

"我也是听了这话才到你们那边去的。"

听了森罗和红丸的话，樱备与火绳四目相视。

樱备一头雾水：

"我不记得我说过这样的话……"

红丸又声嘶力竭地喊道：

"你这家伙连同伴都欺骗吗？！"

"小红……他们说的是真的。"

这时，正好在一旁观战的杂货店店主打断了他们。

"那边的二位刚从我的店里出去，小红就跑来打架了。是不是你看错了？"

"怎么可能。我这么好的眼力怎么会把坏蛋和大猩猩搞错——"

红丸走上前，目不转睛地打量着二人的脸。

"怎么回事？有股煳味……"

绀炉闻言，脸色一沉，接着又开始咳嗽起来。于是，森罗等一行人暂且先回执勤房去了。

红丸照料绀炉躺下后，对第8队的队员说：

"看在绀炉的面子上先饶了你们。我现在去找镇上的人问话。直到嫌疑洗清为止，你们不许离开这里。"

撂下了这句话后，红丸便离开了执勤房。

"没事吧？"

红丸走后，森罗在绀炉的旁边坐下，对他说。

"啊……这点伤，只要稍事休息、将身体冷却一下就好了。真是的，少主就是这么固执……不管过了多久都是如此。"

绀炉的额头上放着冷毛巾，脸上露出一丝苦笑。

"绀炉中队长，你的身体……发生过什么？"

森罗问道。绀炉看着天花板。

"到了'起火极限'还不停使用能力就会使身体发生碳化。皆因我实力有限。"

森罗的脑海里浮现出红丸在念叨"那个时候，要是我……"时的表情。

"新门大队长好像有什么很后悔的事……"

"不是少主的错……"

说着，绀炉试图起身。森罗急忙按住了他。

"躺好！"

"少主什么都没错……"

绀炉重新躺下，开口说：

"你们想听吗？那是我们还没有正式加入特殊消防队的时候……是两年前的事了……"

# 第38章　第7队的诞生

两年前，浅草——

"呀啊啊啊啊啊！！"

"快往河边跑！！"

镇上突然出现大量的"焰人"，浅草被火焰团团包围。居民们都在慌张逃窜。

红丸和绀炉连续不断地与"焰人"战斗着，可不管打倒多少都看不到尽头。

红丸气喘吁吁地说：

"怎么会这样……为什么一晚上会出现这么多'焰人'？"

那个时候绀炉的鼻梁上还没有伤痕，也没染上灰病。他喘着粗气回答说：

"总之，当务之急是让镇上的居民安全避难……"

"小绀！！浅草外也有，'焰人'朝我们这边过来了！！"

"从来没发生过这种事！！"

那时，还未成为特殊消防队员的联防队员们陷入一片混乱，四下奔走。

"特殊消防队……那群人，什么时候才过来……！！"

红丸的脸色看起来十分可怕。

"指望不上他们了……只能靠我们自己！"

绀炉说道。突然，"小绀！快点灭火！！这么下去镇子要烧光了！！"

一个居民慌张地跑了过来，手指向路对面。

队员怒吼：

"别再无理取闹了！！救人、镇魂！现在全都是小绀和小红他们两人在做！！"

"真是的……一个接着一个……我现在过去……"

红丸虽然嘴上抱怨着，但脚步还是朝着居民手指的方向迈去。

可他突然双腿一软，一下子倚靠在旁边的木质垃圾桶上。

"可恶……呼吸……不管怎么呼吸都像是……吸不到氧气……"

绀炉说：

"'起火极限'吗……小红你留在这儿！"

"蠢货！！你不也是嘛！！"

红丸不忿道。

这时，面前的小巷中，一道刺眼的火流喷涌而出。

熊熊烈火之中，出现了一个"焰人"的身影。绀炉不禁睁大眼睛。

"那家伙，是什么……"

眼前出现的是长着两只角、肩膀上带有漩涡状花纹的异形"焰人"。

（焰鬼——？！）

看着那名"焰人"，绀炉似乎感到整个世界都即将焚烧殆尽。

（这个"焰人"……这家伙……糟了！）

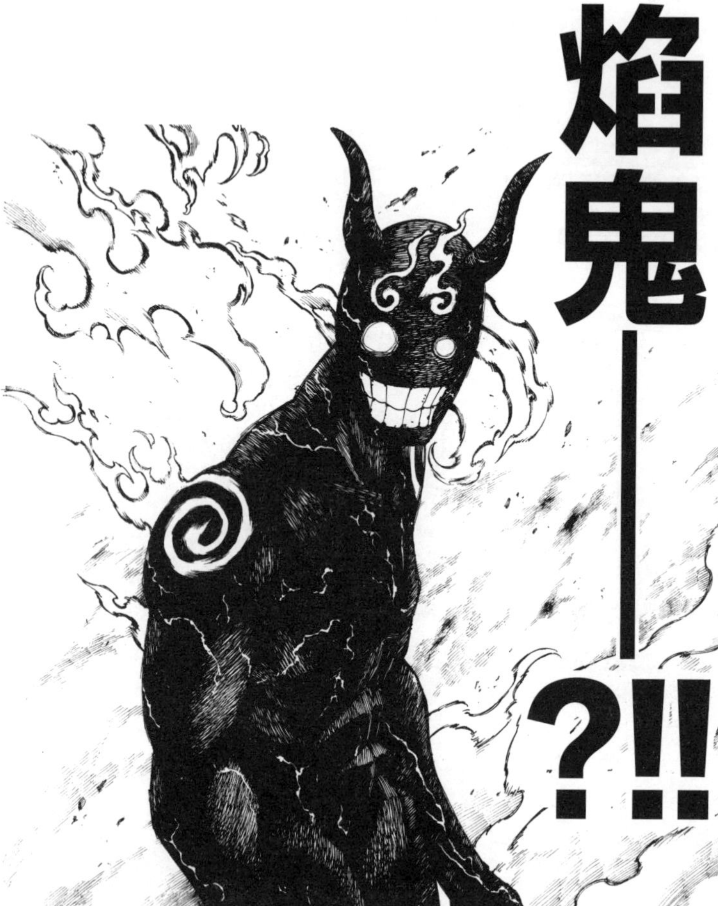
焰鬼——?!!

绀炉有种不祥之感，他突然猛地推了红丸一把。

"你要干什么……绀炉！！"

红丸一边向房屋下方倒去，一边大喊。

绀炉自言自语：

"不这么做你怎么会老实呢。像你这种顽劣的小鬼头……小红……你可不能折在这里。"

说着，他双肩燃起火焰，与"焰鬼"相峙而立。

"我来对付他——"

迅猛的火焰从绀炉和"焰鬼"的身体里喷涌出来，四下已成一片火海。

"可恶……！！"

红丸从废墟中爬出来，他抬头看向天空，呆住了。

"天亮了……我究竟昏迷了多久！！"

红丸走出瓦砾堆，发现精疲力竭的绀炉正倚靠木栅栏坐着，便急匆匆地跑过去。

"绀炉！！你没事吧！！那个'焰人'呢？！"

绀炉气若游丝地抬起头，鼻梁上挂着一横道长长的伤痕。

"啊……小红……勉强解决了……"

红丸看到绀炉的身体到处都是碳化的痕迹，咬了下嘴唇。

"你身体都开始碳化了……为什么啊，绀炉……要是我也一起战斗的话，你就不会弄得如此狼狈不堪了。你为什么拦着我……"

"小红……你不能死在这里。"

绀炉虚弱地笑了笑。

"蠢货！！我才不会死在这里呢……你要倒下了怎么办！！"

红丸的声音在颤抖。

"大家是因为有你才追随的……你变成这样，从今往后由谁来领导浅草啊！！"

绀炉从红丸的话里读出了一丝怯懦。

绀炉挺起身子，揪住红丸的前襟，额头抵在他的额头上。

然后他使出浑身的力气，大声斥责道：

"你来领导，红丸……"

红丸怔住了，这时远处传来特殊消防队的声音。

"快去搜寻房屋下面有没有人！"

"'焰人'可能还在！！"

"都结束了才来……"

绀炉讶然。

一个戴着圆眼镜、上了年纪的男人走到他的面前。他穿着围着蓝线的防火服，脸上带着三道好像被利爪抓过、向倾斜方向延伸的伤痕。比起消防队，他看起来更像一名神父。

"我是第4特殊消防队大队长，苍一郎海牙。你是绀炉吧。你就是联防队的代表吗？"

海牙低头注视着二人，声音平静却威严。

"皇王陛下有旨，将你们浅草灭火队正式任命为第7特殊消防队。"

"你说什么！！别开玩笑了！！"

红丸大怒道。

"小红……少安毋躁。"

绀炉伸出手拦住红丸，又转向海牙。

"任命我们为第 7 队？这对我们有什么好处？"

"只要成为皇国正式的消防队，不光是资金问题，物资和装备也会补给，还会帮你们招揽优秀的人才。我甚至找不到你们可以拒绝的理由。"

海牙答道。说话时，他的镜片闪烁了一下。

"……我没法立刻回复你。给我们点考虑的时间。"

"如果像你们这样的勇士能加入的话，我们也能更放心。静候佳音。"

听到绀炉的回复，海牙就离开了。红丸凑到绀炉跟前。

"你打算做皇国的走狗吗？！"

"我们如果成为了正式的消防队，或许就能减轻这次的损失。"

绀炉答道，语气中带着一些懊悔。

"如果皇国打算利用我们，那我们也可以以其人之道还治其人之身。"

远处，第 4 队的队员正望着他们议论着什么。

"那两个就是新成立的第 7 队……？"

"都说他们臭名昭著，让他们加入……有用吗？"

"蠢货，你们看看那边的地面。全都是倒在那边的那个男人一个人的杰作……"

顺着这名队员的指尖望去，就在绀炉的眼前，出现了一个直径数十米的巨坑，像是被从天而降的陨石砸过一样。坑底冒出滚滚浓烟。

"传闻说，旁边那个小个子更厉害……"

一名队员边说边看向红丸。

"只能把那些妖怪收进队里……"


"我的身体会变成这样是我自己的问题。少主没有必要自责。"

就这样，对往事的回忆结束了。

森罗小声说：

"居然为了新门队长做到这种地步……"

绀炉坐起身来，看着森罗说道：

"少主生来拥有领袖气质，理应成为首领。我也并不后悔为了谈和而赌上性命。"

"是男人就应该懂吧？为了支持少主，我随时可以豁出这条贱命。"

"那……那可不行。"

绀炉眉头紧锁，神色异常严肃：

"你还不懂。"

但森罗膝上的拳头却越攥越紧：

"从我懂事时起，我的家人……我失去了所有我珍视的东西……所以对我来说，生命不分贵贱。所有人的生命都是宝贵的……"

虽然森罗可以理解绀炉的心情，但对他来说，他不想再失去任何人了。

正因如此，森罗才成为了消防官。


**"我想要成为拯救'大家'的英雄！！绀炉中队长！！如果你以后还打算拼命，请让我去！！我想尽一份力！！"**

森罗的赤诚之心令绀炉大为感动。樱备和其他队员们也露出笑容。

　　终于，绀炉扬起嘴角，右拳打了一下森罗的肩膀。

　　"……谢谢。我接受你的好意。在你找到珍爱之物之前，我会仰仗你的。"

　　"珍爱之物……"

　　森罗重复了一遍。

　　"给你们说了这些话，我心里舒坦多了！不能总是躺着。"

　　绀炉站起来，重新紧了紧腰带。

　　樱备提议道：

　　"刚才，新门大队长去镇上查访了，能不能让我们也一起协助调查？"

　　"无妨，有我跟着就没问题。"

　　在绀炉的指引下，森罗一行人出发向深夜的小镇前进。

# 第 39 章　设好的陷阱

就在森罗和队员们听绀炉追忆往事的时候，夜晚的小镇里，红丸正抱着胳膊站在小巷的正中央。

"刚才不是你自己说的吗？"

"你说什么！我怎么会说要扔了自己的鞋子。"

"终于找到你了，混蛋。居然敢到我的店里吃霸王餐，胆子真大！！"

小镇到处都充斥着争吵和撕扯。

"本来就爱吵架，但这究竟是怎么回事……喂！！你们都住手！！"

红丸大喊了一声，但吵架的人们丝毫没有停手的意思。

这时，两名正在互相殴打的第 7 队队员中，一个男子被另一个揍飞，摔在了红丸的脚下。

"哦。"

红丸闪到一边，只见那个被揍的男人一边擦着鼻血一边怒吼：

"要我说几次你才明白！！我真的不记得！！"

打人的男子也怒骂道：

"别开玩笑了！！我亲眼看见你在偷东西！！"

听到这儿，红丸一把揪住说话人的衣领。

"少主……你要干什么……"

"真是他干的吗？"

"啊，绝对没错。"

这时，马路对面又传来了争风吃醋的吵架声。

"我刚才看见你和别的女人走在一起！！"

"我说了那不是我！！"

怎么看，这些争吵都是围绕着那些亲眼所见的人和那些不记得自己做过什么的人发生的。

"究竟怎么回事？一晚上会有那么多人认错吗……"


绀炉和第8队的队员们一出执勤房，就看见日影和日向在马路正中间抢着袖子互相抽打对方。

"混账——！！你摆臭脸是什么意思！！"

"你这个混账才是！！"

"可恶啊啊啊啊！！"

"日影和日向居然在打架，真是少见啊……"

绀炉嘀咕道。这时，二人突然停止争吵，互相指着对方对绀炉说：

"这不是日影！！是别人扮的！！"

"这不是日向！！是别人扮的！！"

虽说如此，但外人完全看不出哪里不一样。除了头发的分线左右不同，本身辨别出两人就很难。

"……她们在说什么？"

森罗一头雾水。旁边的亚瑟好像注意到了什么，他看着两人，不自觉地"欸"了一声。

"这家伙哪里像日影了，快看啊，你这个蠢货！！"

"你这家伙才是，混蛋！！"

"你把日影藏哪里了！！快点把日影还给我！！我要宰了你！！"

"你把日向藏哪里了！！快把日向还给我！！"

说罢，两人又嗖嗖地挥起袖子吵了起来。

"日影，日向！住手！！我再陪你们玩捉迷藏

（啪啪）

吧……快点和好吧，好吗？"

就在森罗试图劝架的时候，面色不悦的亚瑟突然抬起膝盖，猛地朝自称是日影的女孩脸上撞去。

"呀——"

看到这一幕，自称是日向的女孩喜出望外。

紧接着，亚瑟把她扔到木栅栏上。

"真恶心！！"

他一面说着，一面又上前踢了几脚。

"你在对小孩子做什么！！"

森罗急忙拉住他。

"我一直以为你是个善良的蠢货！！"

"原来你又蠢又坏！！"

樱备和茉希纷纷开始指责亚瑟，然而他却不为所动，指着木栅栏说道：

"好好瞧瞧！！日向说得对！！这家伙哪里像日影！！怎么看都是个穿女装的矮个子大叔吧！！"

森罗等人的视线一齐转了过去。

昏倒在那边的的确是一个瘦小的女孩子。

"你不光是蠢，还越来越奇怪了！！"

樱备从身后扣住亚瑟的两肩。

"怎么看她都是日向和日影中的一个吧！！"

森罗踹了他一脚。

"这是骑士该做的事吗？！"

茉希也拳头如雨下。

这时，绀炉对正在围攻亚瑟的第8队队员们说：

"第8队，稍等一下……"

他走近木栅栏边，发现倒在地上的日影的脸开始咕嘟咕嘟地冒泡。

"脸……"

转眼之间，那张脸就变成了一个中年男子的脸。

"欸？不知道是日向还是日影，她变成了一个矮个子大叔……"

森罗一时摸不着头脑，日向抱着他说：

"他不是日影！！"

"我说过吧。"

身后的亚瑟咕哝道。

"这家伙究竟……他变脸了……"

绀炉愣住了，火绳对他说：

"新门队长之所以会看错，应该就是有人使用了同样的能力吧？"

"这家伙拥有改变自己容貌的能力吗？"

绀炉站在失去意识的矮个子大叔面前，低声说。

"还是说，能改变容貌的另有其人呢？"


月光照进一座荒废的旧屋。旧屋之中，一名男子坐在椅子上，一个穿着白衣的人影正将手放在那名男子的脸上。

白衣人梳着白色的娃娃头，鼻梁窄削。而坐在椅子上的男人是个秃顶，整张脸像煮鸡蛋一样圆润。

"你的脸就是我的画布，我会把你从凡人变成艺术品。"

娃娃头用手轻触男人的眼睛，他用指尖点燃火焰。随后，男人的眼周开始膨胀，眼睛变得又大又亮。

"转眼之间就是艺术品。"

娃娃头又用双手按住男人的脸，像捏黏土一样上下摆弄。

"不错，不错，很好。用热量改变血液流向，使毛细血管和淋巴扩张。再利用身体局部的浮肿改变脸型。没错没错，肩膀放松……你马上就要成为艺术品啦。"

娃娃头像着魔一样，一边用尖利的声音说着，一边继续用火焰摆弄那张脸。

鼻子和脸颊逐渐变形，他松开手，一张清爽开朗的青年人的脸出现了。

男人心满意足地露出微笑。

"我不满意。"

娃娃头恼羞成怒地抓着男人的脸，

"你这个残次品！！叛徒！！凭你这张脸能沐浴太阳神之圣光吗？！"

娃娃头咒骂着。在那张被火焰包裹着的脸上，血液开始沸腾。

"狂热、狂热。艺术就是大爆炸！！"

男人的脸终于爆裂开来，沸腾的血液飞溅到白衣人的脸上。

"好烫！！好烫！！艺术不会背叛我……对我张牙舞爪的人才不是艺术。正如我想的那样。"

娃娃头喋喋不休地咕哝着。

"约拿……信徒不是用之不竭的，不要浪费。"

蒙面白衣人说道。

"'虫子'也已经准备好了。大计已成……我们也该过去了。再去把浅草变成一片火海吧。"


"喂！混蛋！还装糊涂吗？！"

"我说了我不记得！！"

"喂！！那不是我！！"

小镇上的争吵不仅没有偃旗息鼓，反倒越来越多。

（为什么恰好有这么多人误会呢……是被什么狐妖蛊惑了吗……）

红丸面前，饭店老板和客人正吵得热火朝天。

"话说回来，我在别的地方已经吃过饭了，为什么还会去你的店里？"

"你问我，我怎么知道？！"

红丸看着他们你一言我一语，自言自语道：

"这不就跟刚刚的我一样吗……"


哄！哄！哄！


突然，在小镇的各处，火柱接连不断地喷发，冲天而起。

"'焰人'！！'焰人'出现了！！"

"这边也出现'焰人'了！"

小镇各处似乎同时发现了"焰人"。

红丸皱起眉头咋了一下舌头。

"真会挑时候……"


白衣人们站在小丘上俯视着到处是悲鸣和火光的浅草。

"已经将'虫子'投放到镇上了……"

其中的一个白衣人是火焰弓箭手。他的面纱随风飘动着，隐约可见他的瞳孔是一个朝下的箭头。他对身后的两人喊道：

　　"趁乱讨伐第 8 队，出发。"

　　"这场混乱会让所有人失去信任。"

　　娃娃头冷笑着眺望着城镇。

　　"他们会意识到只有太阳神才是可信任的。"

　　"浅草是能量点……'虫子'或许能催生出适应者。"

　　一个脸上带有骷髅图样、身材高大的白衣人目不转睛地盯着浅草镇。

　　"或许还能催生出'焰鬼'。"


　　"'焰人'来了！！"

　　"和服店的小吉也变成'焰人'了！！"

　　居民们东逃西窜，眼前的一切都令人触目惊心。森罗说道：

　　"大队长！！我们来镇魂吧！！"

　　但樱备拦住了他。

"不行！！这里是第7队的辖区！！我们不能贸然行事！！"

"你的意思是让我们袖手旁观吗……？！"

亚瑟的话让樱备的脸上渐渐笼上一层阴云。

"修女不在，我们没办法进行正式的镇魂……况且，这里有些人也不愿意进行皇国式的镇魂。"

"少主……跑去哪里了……"

绀炉在小巷各处巡视了一番，都没有看到红丸的踪影。

"第8队负责救助伤员和指挥避难！"

"收到！！"

樱备下令后，一个发光物从茉希身后的遥远高空向这边飞速靠近。

"茉希！！"

森罗猛地拉了她一把，伴随着一声激烈的声响，地面同时被炸开。

环不禁惊惶失色。

森罗："啊，是烈火那时候的……"

那就是刺穿烈火胸膛、夺走第1队中队长火炎右臂的火焰箭。

新的火焰箭从屋顶的另一边射过来。茉希挡在了众人面前。

"后退！！我来！！"

她向前伸出双手，利用自己的操纵能力将火焰诱导成向四周分散的半圆状火流。

"呃……"

然而，箭的力量太过强大，尖锐的火焰戳穿了半圆的中心，向茉希的胸口逼近。

"挡不住了……火焰箭的力量太强，我挡不住！！"

再这么下去，就要被射穿了。茉希立刻下令：

"形态变化！！"

突然，尖锐的火焰箭变成了长着浑圆双眼和樱桃小嘴的可爱的小火球。

就是那个被茉希当作宠物一样怜爱的火球，扑哧扑哧。

茉希抱住扑哧扑哧，胸前响起了爆炸声。

（啪）

嘭！


"茉希！！"

环把倒地的茉希扶起来。

"没事。扑哧扑哧突然跳进我怀里……"

茉希双目涣散，一副有气无力的样子，不过所幸无碍。

"他们很可能是传教者的同伙……下一发来之前，我去诱敌！！"

森罗后脚喷出火焰，冲向空中。

"森罗！！别乱来！！"

樱备呼喊道。

"是！！"

森罗在空中飞行，寻找并推测出了放箭的地点。

"袭击大概就是从那边发出的……"

这时，火焰箭转了一个大弯，从他的身后袭来。

"哇！！"

千钧一发之际，森罗成功避开一劫，箭径直朝住屋飞去，刺穿了房顶。

"转弯了……"

森罗俯视着火光四起的浅草镇，推测对手的藏身之处。

就算考虑到第二发的箭矢可以转弯，放箭的位置也与第一发不同。

对方似乎是趁乱，一边移动一边射击。

如果他们马上进行下一轮攻击，那么鉴于第一和第二发，第三发应该从那个方向——

和预想的一样，第三发火焰箭从森罗推测的方向飞来。他身子一闪，一个飞踢，击中了箭身。

一阵轻微的爆炸声响起。然而，那支箭却没有改变轨迹，而是直直地戳在了地上。

"不行吗……竟然拦不住！！"

森罗试图将火焰箭踢向两边，但火焰箭的行动轨迹似乎根本不受他的影响。

"喂！森罗！！刚才的爆炸是怎么回事？"

亚瑟跑过来，从地面对他喊道。

"刚才的爆炸都是我踢飞的箭……"

森罗边说边思考对手的行动。

第三波攻击时，对方拉开了与自己的距离。难道他不希望我接近他，或者——

"想把我和第8队的队员们隔离开？"

即便如此，你也插翅难逃。

"亚瑟，你从地上追踪。我会告诉你每次的狙击地点。"

"就算你告诉我左右或者东西，我一时间也弄不清楚！你就用手指吧！！"

亚瑟丝毫不掩饰自己的愚蠢。森罗叹了一口气，加快了速度。

"出发！！"


"真正的日影在哪里？"

绀炉让那个假扮日影的男子背靠木栅栏坐着，逼问道。

"假扮第8队队长的也是你吗？"

那个男人冷笑了一声，絮絮叨叨地说了一些毫

（啪）

不相干的话。

"人类不可信。撒谎、欺骗、背叛，还很短命。所以才需要太阳神。"

嗵！

绀炉一脚踢在男人的脸上，然后用力踩住他的脑袋。

"痛……好痛……"

男人痛苦地叫着。绀炉对此视而不见，他用浑厚威严的声音说道：

"我没问你什么神明还是狗屁！我只想问一件事——你把日影弄哪儿去了？"

男人惊恐万分，但他的嘴角突然恶心地向上翘起，笑出声来。

"哈……嘿嘿嘿……"

"什么？"

绀炉震怒。男人的态度瞬间强硬起来，他轻蔑地抬头看着绀炉：

"违抗太阳神的原国主义垃圾……对你们无可奉告。"

这时，绀炉看到一个小玻璃空瓶滚落到他的脚边，不禁脸色骤变。

"小瓶子？是在报告书上见过的用来装'虫子'的容器？里面是空的……你……"

"啊哈……哈哈哈……哈哈哈哈哈哈。"

男人放声大笑，同一时间，火焰从他的眼睛和嘴巴里喷泻而出。

"太阳神大人！！传教者大人万岁！！"

负责引导居民逃难的火绳刚好回来，他朝着变成"焰人"的男子连射了几枪，唱起了镇魂的祈祷之词。

"化为熊熊烈焰吧……拉托姆。"

"焰人"的核心被摧毁，他就像一具被大火吞噬后锈迹斑斑的破铜烂铁，大风一吹，便灰飞烟灭了。

日向一脸厌恶地说："好恶心。"

绀炉用身体护住日向：

"可恶……这家伙究竟是谁……这就是所谓人为制造的'焰人'吗……"

火绳对绀炉说：

"抱歉，我们没有使用原国的方式。"

"无妨。反正他也不是浅草的人。"

"还有……"

樱备表情困惑地继续说道：

"镇上的人们完全不听从我们的引导……"

小巷里依旧能听到人们的怒吼。

"你们这群混蛋，别碍事！快点滚开！！"

"我为什么要听你们这群混蛋的话！！"

看上去，除了日影之外，还有其他人为了引起骚乱伪装成居民混在里面。

"需要一个能统领他们的人。"

绀炉面色沉重地低声道：

"少主……"


"应该让小孩子先走！！"

"让开！！"

"慢着！混蛋，想跑？！"

假扮者和"焰人"的出现使小镇陷入一片

恐慌。

"喂！你们别过去！那边已经是火海了！！"

红丸拼命地阻拦，众人却对此充耳不闻。

这时，"焰人"又出现在四下逃窜的人们身后。

"也不知道他叫什么，总之一狠心……"

红丸飞快地接近"焰人"，一拳击穿了他的核心。

"对不住。"

结束镇魂之后，红丸对身边的队员说：

"我来处理'焰人'，你想办法引导居民。"

"好像有人在镇上趁机作乱……如果是这样的话，我们是拦不住的。"

队员答道。

红丸咬着嘴唇，看向远方。

（绀炉……如果是你，会怎么做？）


森罗在浅草的空中飞速移动着。

从空中能清晰地看到居民们正乱作一团。

他只顾注视着地面上的情况，不承想，火焰箭又从前方袭来。

"哇！！"

森罗险些被命中。箭垂直地撞向地面，四周一片哀鸣。

"不快点阻止狙击……流弹的受害者就会越来越多！"

森罗加快了脚步。

"我的脚程更快。他一定就藏在这附近！"

森罗降低了飞行高度，而就在他侧面的屋顶上，一个举着弓箭的白衣人影进入了他的视线。

他立即躲闪，但由于距离太近，射出的箭与他擦身而过。

"哇啊！！"

森罗失去平衡，跌落在附近的屋顶上。

他拨开瓦片，颤颤巍巍地起身，新的火焰箭又朝着他飞袭而来。

森罗向后腾空一跃，躲过箭矢，恰好与白衣人打了一个照面。

白衣人向屋顶的另一侧逃离，瞬间失去了踪迹。

"想跑！！"

森罗立即紧追上去——在空中一个急刹车。

而另一个罩着斗篷、容貌好似骷髅的白衣人手里拿着双头匕首，已经躲在屋顶的暗处多时，准备伺机行事。

千钧一发之际，森罗按住了白衣人持刀的手。

骷髅脸将手一挥，越过森罗的头顶，绕到他的背后去。

森罗又一次抓住对方持刀的手，但骷髅脸从他身后用胳膊向上紧紧勒住森罗的脖子，使他动弹不得。

弓箭手回到地上，从森罗的正面朝他放箭。

来不及躲闪。

箭矢从张满的弓上离开的瞬间……


铛！

地上的亚瑟朝这边飞奔而来，用王者之剑挡住了飞箭。

然而，火焰箭没有被弹飞，也没有改变轨迹，它径直冲向亚瑟。

"不行……箭停不下来。"

不能让弓箭手看出我的不安。亚瑟的脸上浮现出无畏的笑容，他挥剑弹开了箭矢。

这时，森罗从脚后跟喷射出火焰，他旋转身体，从骷髅脸的手中挣脱出来。

骷髅脸顺势落在了弓箭手的身边。

森罗也从屋顶上下来，站在持剑的亚瑟身后，说道：

"白衣人……你们跟传教者是一伙的吧？"

"哼。"

亚瑟露出一副唯我独尊的样子。下一秒，骷髅脸纵身一跃，向亚瑟逼近，身上的斗篷在风中上下翻飞。

森罗发现斗篷上开了一个小洞，于是大喊：

"亚瑟！！斗篷的另一边正在放箭！！"

箭矢在斗篷的遮掩下朝亚瑟袭来。

铛！

他再次挥剑将箭矢弹开。

"又弹开了……那把剑带着很强的炎之意识……"

弓箭手低声道。

骷髅脸将匕首瞄准亚瑟。

"休想！！"

森罗见状，想冲上去助亚瑟一臂之力，不料亚瑟的剑恰好朝着他的头挥去。

"呃！！"

森罗与剑刃擦身而过。

亚瑟怒吼：

"蠢货！！ 别碍事！！"

"我刚才是想帮你！！"

森罗刚一回嘴，骷髅脸猛地飞起双脚，同时踹中二人。

森罗和亚瑟一边后退，一边调整姿态。就在此时，数支火焰箭一齐袭来。

（哐）

"你给我退下！！"

"你才给我退下！！"

他们二人毫无默契可言。骷髅脸发起进攻，伴随着的还有再次扑面而来的飞箭。

"对骑士来说，远射武器可起不了什么作用。"

亚瑟挥剑轻轻弹开，

咚！

箭矢爆炸了。亚瑟被冲击力掀翻在地。

原以为箭矢会被弹开，没想到，弓箭手射出的是会爆炸的箭。

另一边，森罗在骷髅脸的极速攻击下拼命躲闪。

"可恶……好快……"

然而，就在他全神贯注地招架骷髅脸进攻的时候，火焰箭又一次飞来。

森罗竭力避开攻击，却被爆炸的气流掀翻，猛地撞在亚瑟身上。

"森罗！！别过来！！"

"就是因为你总是在地上躺着！！"

"快点闪开，迟钝的恶魔！！"

"你就一直在那儿睡觉吧，Good night！！"

二人喋喋不休地吵个没完。

咚咚咚咚咚咚！！

火焰箭一支接一支地袭来，二人被笼罩在滚滚浓烟之中。

"穿斗篷的家伙又来了！！"

森罗话音刚落，骷髅脸就从浓烟中现身了。

亚瑟用王者之剑挡住匕首，森罗手撑在他的后背上，朝骷髅脸飞了一腿回旋踢，抵挡住了对方的攻击。

森罗开口：

"他们俩一个前锋一个后卫，配合十分默契……要是我们再不协作，就要交代在这儿了。"

亚瑟立刻回嘴：

"你不说我也知道。"

"我看是我说了你也不懂……"

森罗还想继续说，但话到了嘴边又忍住了。

"嗯……"

亚瑟也咬牙把牢骚憋了回去。

森罗手掐着腰，挺身站在流动的浓烟之中。

"我要做'忍己所不欲的男人'。"

"哼。"

# 第40章　二对二的死战

亚瑟举着剑摆酷，森罗小声对他说：

"说是要齐心协力，但我也不觉得能和你打好配合。不如想办法把他俩分开。"

"这倒是个好办法。"

亚瑟难得表示赞同。森罗继续说：

"你擅长近战，负责对付那个穿斗篷的。我靠速度能近身，来处理那个射手……这样一来，我们就会占上风。穿斗篷的会为了保护射手而采取行动，得想办法把他引开。"

亚瑟点了点头。于是，森罗下令：

"上吧！！"

"啊！！"

嗵！

两人原本计划分别向左右两边跑位，结果方向搞反，一头撞在了一起。

森罗打了个趔趄，重整姿态后说道：

"他们之所以能游刃有余地作战，是因为前锋和后卫分工明确的缘故。我们也决定一下队形吧。也就是说……"

　　"也就是说……"

　　"像这样是吧？"

　　森罗从脚后跟喷射出火焰，悬浮在亚瑟的头顶。二人一上一下。

　　穿斗篷的骷髅脸蹬地，飞身向亚瑟逼近。

　　头顶上方的森罗连续使出回旋踢，骷髅脸向后退去，火焰箭趁机瞄准森罗，数箭齐发。

　　亚瑟上前挥剑，将来箭一一弹开，瞬间缩短了与弓箭手的距离。

　　弓箭手在地上一个侧滚，躲开了亚瑟的剑。

　　"想跑！！"

　　亚瑟紧追不舍。这时，骷髅脸飞奔过来，他用脚踩住亚瑟的右臂，挥动匕首。

　　弓箭手站起身，单膝跪地架起弓，瞄准迎面而来的森罗。

　　森罗勉强躲过近距离射来的箭矢，他向上抡起拳头。

"绝对不会让你跑掉！！"

森罗竭尽全力的一拳击中了弓箭手，弓箭手被打倒在地。

紧接着，森罗腾空一跃，抬起脚后跟向下砸去。这时，骷髅脸冲过来，双臂交叉，挡住了森罗的攻击。

弓箭手趁机举起弓。

"结果就是一场乱斗啊……！！作战计划是什么来着？！"

亚瑟用王者之剑斩断火焰弓，一剑砍中了弓箭手的肩膀。

"束手……逆来顺受吧！"

亚瑟将好不容易正确说出的登场台词重复了一遍，结果又说错了。

骷髅脸冲到亚瑟跟前。

亚瑟翻腕，剑又朝着骷髅脸的方向挥去。

骷髅脸被砍中，身体开始冒烟，他朝着弓箭手大喊：

"撤退！！阿罗！！"

"休想跑！！"

弓箭手撤退，森罗正要乘胜追击时，骷髅脸的嘴角突然现出一抹不祥的笑容。他从怀里伸出手。

在他的指尖处——

"'虫子'！！"

亚瑟大喊。

那就是将人类人为制造成"焰人"的虫子。

骷髅脸将虫子放在舌尖上，咕咚一下吞了下去。

"哈兰……"

弓箭手低声道。

"这里是浅草……能量点……'焰鬼'很有可能出现在这里……"

火焰从那个叫哈兰的白衣人的眼睛和嘴巴里喷泻而出，他放声大笑。

"那我何不以身试法！！"


呃啊啊啊啊啊啊啊！！

灼热的火焰瞬间吞噬了他的身体。

"他把自己变成了'焰人'……"

森罗目瞪口呆，眼看着从白衣人斗篷下面的额头上生生钻出了两只犄角。

"他不是普通的'焰人'……"

被称作阿罗的弓箭手平静地说。

"长角的'焰人'……是'焰鬼'……"

（咕咕）

他把自己……
变成了『焰人』

他不是普通的
『焰人』……
长角的『焰人』……

（咕咕咕）

是焰鬼……

# 第41章  浅草的骄傲

望楼上，樱备和火绳各自用双筒望远镜搜寻着。樱备对绀炉说：

"我们也还没找到新门大队长。"

"少主去哪儿了呢？"

绀炉叹了一口气。

"绀炉！！"

这时，红丸站在燃烧着的战旗上，从空中向这边飞来。

"少主！！我一直在找你！镇上一片混乱，根本收拾不过来！！"

红丸在望楼上落脚，说道：

"是啊！我这边也是！不管是'焰人'还是争吵都越来越多！！"

"到处都有误会发生，搞得人一头雾水。"

"有一些会易容的敌人混在其中……少主之所以会认错第8队的人，也是因为有谁乔装打扮了的缘故。"

櫻备和火绳听了绀炉的话，点了点头。

红丸忿忿地说：

"既然知道有人浑水摸鱼，就赶紧把真相告诉镇上的大伙啊！！"

"他们现在正陷入恐慌之中，除了你，他们听不进任何人的话！！"

"那不是我的职责所在……"

绀炉俯瞰着陷入火海、哀鸣声遍地的浅草镇。

"看看现在的浅草。一片混乱……大家都在等待……那个能够平息混乱、一呼百应的男人！！"

"是啊！！所以我来了。正因为身处乱局，才需要像你一样能做出冷静判断的人！！"

"少主……你怎么还在说这种话……"

绀炉把手搭在红丸的肩膀上。

"你永远不需要顾虑我。该下定决心了。"

"嗯？"

"不管别人说了什么，浅草都是少主的天下。大伙想听的不是其他人的什么话……而是你红丸怎么说。"

红丸皱起眉头，抓了抓脑袋，对绀炉和众人说：

"你们，从望楼上下去。"

"是。"

只身一人的红丸一面巡视着浅草镇，一面自言自语道：

"像我这种人。只会搞破坏……你们翘首以待吧，我会大闹一场。"


"吵死了！不需要你的意见！！"

"拜托你听从指挥吧！跟你说也说不通！！"

"喂，那我们应该怎么办！！"

争吵和小规模的冲突仍旧不绝于耳，樱备回到地面后，抬头看了一眼望楼。

"当人们遇到突如其来的灾害时，能够采取正确行动的大约有一成。张皇失措、胡乱采取行动的人约两成。剩下的七成会因为震惊而愣在原地。所以才需要能够引领他们的人。"

樱备对站在望楼屋顶上的红丸说道：

"能打破现状的，就只有你了，浅草的破坏王。"


在另一边的小巷里，留着娃娃头的白衣人约拿得意地听着人们的怒吼声。

"再多一点谩骂声！！啊！多么热闹啊！太棒了！！"

通过约拿的能力伪装成第7队队员的信者说道：

"约拿大人的'能力'正让人们彼此之间失去信任。这样一来，原国主义者也会意识到吧！只有太阳神才是值得信任的。"

约拿大喊着：

"我听到了！争吵的声音！！咒骂的声音！！美妙的声音！！高亢的声音！！鼻塞的声音！！这种混乱就是艺术！！我一手打造的绝美艺术！！"

突然，轰的一声，小镇的正中央传来了爆炸的声音。

"怎么了?!"

"啊……快看那里!!"

轰轰轰轰轰!

居民们纷纷仰起头,只见望楼喷着火,像火箭一样腾空直上,飘浮在夜空之中。

"小红!!"

"是小红!!"

"红丸!!"

众人看到红丸站在屋顶上,开始呼唤他的名字。红丸深吸一口气,高声呐喊:

"听到了吗,浅草?!"

整个浅草的空气都在颤抖。

人们爆发出期待已久的欢呼声。

"哇啊啊啊啊啊啊!!"

"现在,我们的镇子正遭受着外来者的攻击!!

有人易容成浅草人的样子，把我们耍得团团转！！"

红丸话音刚落，居民们就喊喊喳喳起来。

"欸……"

"易容……"

"我们没有办法看破他们的伪装！！再这么下去我们会寸步难行！！"

红丸接着喊道。

"但是，那又怎么着！！"

欢呼声再次响起。

"喔！小红！没错！！没错！！"

"说得容易，你想出主意了吗?！"

见状，樱备笑了起来。

"一下子就把气氛扭转了……"

"这就是所谓的'鹤鸣一声，百鸟哑音'吧。"

火绳说道。

绀炉背着手，站在第 7 队队员前，发出高亢而有力的声音。

"新门大队长，请您下令！！"

队员们也整齐划一地背手，等待红丸的指令。

浅草的上空瞬间恢复了寂静，红丸笑着从外褂里缩出胳膊，高举右拳。

"所有人现在开始互殴！！别管是真身还是冒牌货！！浅草人不会输给骗子！！放心吧。火灾和'焰人'由我们第7队负责。痛痛快快地干一架吧！！"

队员们放起了烟火，居民们纷纷把手里的东西抛向远处。

"庆典开始了！！庆典开始了！！"

"打架狂欢开始了！！"

小镇瞬间沸腾起来，到处都在互殴。

"你这混蛋是冒牌货！"

"你才是冒牌货！"

"竟然如此野蛮……这不是艺术！！"

约拿懊恼地说，他的脸气到扭曲。

"绝对有被冒牌货打败的真身……"

火绳一边观望着一边说道。

樱备说：

"我们也用拳头交流一下吧？"

火绳叹气道：

"饶了我吧……"

另一边，绀炉兴致勃勃地在向队员们发令。

"第7队的互殴对象就是现场!! 开始灭火作业!!"

"是!!"

队员们分别前往各自的辖区。

其中一名队员说道：

"绀炉中队长，看起来心情不错呀……"

绀炉笑容满面地说：

"当然高兴。真是的……让我等那么久。"


这时，一阵激烈的爆炸声响起。在望楼上眺望着这场打架狂欢的红丸回过头。

他定睛一看，一个额头上长着犄角的"焰人"正向高空飞去。

"那是……'焰鬼'。"

红丸的唇边露出一抹笑意。

"看样子，我找到打架的对手了……"

# 第42章　打架狂欢

森罗看着降落到地面上的"焰鬼"，小声道：

"那家伙……很像……"

十二年前的那场火灾，森罗在熊熊燃烧的烈焰之中，亲眼目睹过长着两只角的"焰人"。

沉湎于往事的森罗呆立在原地。亚瑟冲他大喊：

"喂！森罗！！清醒点！！他要过来了！！"

"焰鬼"压低身体，猛冲了过来。亚瑟挥剑抵挡，但对方力量太过强大，他被一路推进了屋子里面。

森罗依旧动弹不得，双腿酸软无力。

他战战兢兢地低头看了一眼自己的双脚，从防火服的裤筒里露出的小腿下端变成了不可思议的可怕的骸骨。

自己的身体竟突然变形。这突如其来的恐惧将森罗的双目染得血红，他露出僵硬的笑容，发出

（什么）

惨叫：

"呜啊啊啊啊啊！！"

他跌坐在地上，又定睛一看。双腿又不知怎么恢复了原状。

"啊……"

森罗不知所措，笑容依旧僵在脸上，不停地冒着冷汗。

"是'安德拉连接'吧？"

不知不觉，弓箭手从身后走进，掀起了蒙面。

"你果然不该待在消防队……"

森罗警惕地站起身，直直地盯着弓箭手说：

"你说什么……"

"恶魔！！你的火焰是毁灭人类的火焰！！"

森罗被这猝不及防的一句话震住了，他呆呆地站在原地。

"喂！笨蛋恶魔！！"

亚瑟一下子被"焰鬼"打倒，摔到地上。

"焰鬼"从瓦砾下现身，瞄准了森罗和亚瑟。

"喂，森罗……从刚才开始你就在那摸油（摸鱼），快来帮忙！！"

"啊，啊啊……"

亚瑟向来用不对俗语。森罗点点头，冲着"焰鬼"摆好战斗姿态。


哄！


突然，一个火球从空中飞来，一下将"焰鬼"击中。

森罗和亚瑟惊讶地抬起头，只见红丸脚踩在一杆燃烧着的队旗上，肩头还扛着另一杆队旗，他从天而降，对"焰鬼"说：

"你打架的对手就是我！！"

遭到红丸袭击的"焰鬼"将双手举过头顶。

"哈啊啊啊啊啊！！"

他大叫着，将一个直径数米的巨大火球抛向森罗和亚瑟。

火焰威力之大好比一个火焰放射器，瞬间将二人掀翻在地。

"焰鬼"冲破烈焰，来到森罗近身处，连续对他出击。

被击中就麻烦了——森罗双臂交叉，一边抵挡着"焰鬼"的拳头一边向后跃去。

亚瑟随即顶替森罗的位置，用王者之剑瞄准了"焰鬼"的犄角。

然而，犄角坚硬得留不下一道伤痕，只听见咯吱咯吱的响声，随后剑就被弹了回来。

"好硬……！！"

"焰鬼"再一次发起攻击，突然两杆燃烧着的队旗飞入他的视野。

"你的对手是我。"

红丸挡在"焰鬼"的面前，回头看向身后的二人。

"两年前，长着角的'焰人'在浅草现身。拜他们所赐，绀炉才得了灰病。你们不要出手。这场仗，让我来打。"

"那我就遵从骑士道精神，静观这场决斗。"

亚瑟爽快地将对手让给了红丸。

森罗冷漠地对亚瑟说：

"你说过会帮我打倒那只'焰鬼'的吧。"

说罢，他环视了一下四周。

"对了！那个射手跑哪儿去了？！我有事想问他……"

然而，弓箭手早已不知所踪。

"可恶……那个射手去哪儿了。怎么回事！！什么'安德拉爆炎'，什么'安德拉连接'……什么'我的火焰是毁灭人类的火焰'……？！别开玩笑了……"

恰好在这时，茉希、环和日向正在小巷里到处寻找日影。

"好像在那边……"

"那边吗？"

环朝着日向手指的方向走去。突然，火焰从面前的建筑物里迸发出来。

"哇！！"

几名穿着白衣的男子跟跟跄跄地跑了出来。

“我已经按照约定给你点心了！！”

男子惨叫着。

“你明明说过要给我点心的，但这些完全不够。”

说着，日影从大楼里走出来。火焰像和服一样缠绕在她的身上，她的手上拿着一个小巧的荷包。

“可恶！我可是背着日向来的！！这么一点，日向也不会开心的！！”

看上去，她似乎是因为有人说要给她点心才跟过来的。

“日影——！！”

日向跑过去。

“假扮日影的家伙超级恶心，咱们把他们都揍飞吧？”

“这帮人果然是混蛋！！”

“嘻嘻嘻。”

二人齐声笑道，接着，被火焰包裹着的日影和穿和服的日向变身成两只小狐狸。

“呀啊啊啊啊啊！！好烫！！好烫！！慢着！！呜

啊啊啊！！"

　　火狐冲着那几名男子扑了过去。茉希和环束手无策，只得在一旁观战。


　　"焰鬼"毫不迟疑地对突然出现在眼前的红丸发起进攻。

　　红丸灵巧地躲开"焰鬼"迅猛的攻势，他抓住"焰鬼"的手腕将他摔了出去。

　　"焰鬼"被狠狠地摔在地上，他立刻站起身，调整姿态，双手释放出猛烈的火焰。

　　而红丸只用手在身前轻轻一挡便防御住了火焰的攻击，接着，他振臂一挥，释放出比"焰鬼"更加迅猛的火焰，将对手击飞。

　　"居然轻而易举就化解了那个'焰鬼'的猛攻……"

　　亚瑟看得目瞪口呆。

　　"这么一来……"

　　红丸飞身上前，用手刀朝"焰鬼"的胸口劈去，准备一击毙命。

然而，可以一手击穿普通"焰人"核心的必杀技手刀在发出了铁器相击的金属声后，被"焰鬼"的胸腔弹了回来。

红丸的手被震麻了，他嘟囔道：

"好痛……真硬啊。"

"我的王者之剑都砍不断！就凭你那几根骨头就想打倒吗？蠢货！！"

亚瑟大言不惭地说道。

"两年前，绀炉把地面轰开了一个大坑。是不是也需要相近的火力才行……我要替绀炉报仇……那就用同样的方法收拾你。"

红丸手上抄起队旗，骑了上去。

"在这里动手会把整个小镇铲平的。"

被点燃的队旗如同火箭一样冲了过去，队旗的前端顶住"焰鬼"的腹部，将他一路推向夜空。

"找个宽敞的地方和你打。"

"焰鬼"和红丸飞速冲向高空。

"怎么回事？！"

"是大队长！！"

看见腾空而起的红丸，队员们骚动起来。

"空战吗……这种表演，除了红丸还有谁能办到？"

红丸毁掉了望楼，所以绀炉只能站在梯子上对队员们发号施令。他看着红丸，露出了满意的微笑。

"对那只'焰鬼'，不加大攻击力度根本没有效果……是小红的话，就无须多虑了吧。"

说罢，绀炉准备继续发出指令。突然，一个闪光的物体进入了他的视野。

一个白衣人正从屋顶上用火焰箭瞄准红丸。

"那家伙……要狙击小红？！"

愤怒的绀炉从两肩喷出火焰，想要飞奔过去。

"休想得逞！！"

然而，下一秒，他抑制不住地开始咳嗽，从梯子上掉了下去。

射出的箭径直朝红丸飞去。

"小红……"

绀炉趴在地上，抬起头，手拼命地向远处伸

着。他想助红丸一臂之力，却因为灰病站都站不起来。

"身体……完全动不了……谁来……帮帮小红……"

这时，绀炉的脑海里浮现出森罗真挚的双眼和他曾说过的那句话。

"绀炉中队长！！如果你以后还打算拼命，请让我去！！我想尽一份力！！"

绀炉一边咳嗽，一边用尽浑身力量大喊：

"森罗！！"

"怎么回事……我的脚——"

正在搜寻弓箭手的森罗突然感到脚下一阵痉挛，他停下脚步。

和刚才看到"焰鬼"时的感觉一样。

不知为何，森罗的脑海中浮现出了绀炉的

面容。

"谢谢。我接受你的好意。在你找到珍爱之物之前，我会仰仗你的。"


"绀炉中队长……？"

森罗似乎被某种力量所引领，他仰望夜空，注意到那支对准红丸的火焰箭。

"那支箭！！正在狙击新门大队长……！！"

红丸似乎还没有意识到那支箭正朝他逼近。

即便注意到了，要同时与"焰鬼"和箭两方作战也实在太过危险。

森罗喷出火焰，立即蹿上了高空。

## 第43章　火焰为谁而燃

"得手了……不管他多厉害，只要命中，他的小命就结束了。"

阿罗射出火焰箭，对能命中红丸十分胸有成竹，他的目光一路追随着箭行进的方向。

随后，他突然发现森罗正平行于箭矢飞行。他掀起蒙面，露出一副诧异的表情。

"恶魔的足迹?！好快的速度……他竟然追上了我的箭！"

阿罗不慌不忙地说：

"但，就算他追上了，也不可能阻止箭矢。"

"快点赶上！！"

森罗已经超出了自己的极限，他还在继续加速。

风压扭曲了他的脸，他的脸颊止不住地颤抖。

"呃呃……啊啊啊啊！！"

森罗好不容易追上了箭矢，他想用脚将它踢飞。

嘭嘭嘭！

森罗的火焰与箭矢相撞，爆发出巨响，但箭矢丝毫没有受到森罗作用力的影响。

"可恶……居然纹丝不动。"

火焰的高温正在灼烧着森罗的双脚。

"啊啊啊啊啊啊啊！"

森罗痛苦不堪，脸越来越扭曲。他的脑海里再次回响起弓箭手留下的那句话。


"你果然不该待在消防队……"

"恶魔！！ 你的火焰是毁灭人类的火焰！！"


"别开玩笑了……"

森罗咬牙切齿地说。


"我的火焰是保护人类的火焰！！"

森罗一次又一次地尝试，地上的众人都在静静地看着他。

然而，箭矢却没有停下。

阿罗对森罗喊道：

"箭才不会被你的炎之意识弹开呢。

"和团长拥有同样安德拉爆炎的你竟会成为庸人的走狗……和我们一起成为恶魔吧……将这个星球燃烧殆尽。"

然而森罗并没有放弃。

"我要利用我的火焰成为保护大家的英雄！！现在就要证明给你看！！"

森罗咬紧牙关，将力道全部蓄于脚底，拼尽全力向火焰箭踢去。

"我是什么都能踢飞的男人！！"

箭矢完全偏离了轨道，朝天空的另一端飞去。

"什么……"

阿罗发出了惊叹声。

绀炉说:

"太棒了!!"

森罗调整姿态后,朝红丸大喊:

"新门大队长!!

"接下来就拜托你了。"

红丸回头微笑道:

"这个高度足够了。"

说罢,与"焰鬼"拉开了距离。


桶桶桶桶桶桶桶!!


无数杆燃烧的队旗从地上一齐朝着"焰鬼"刺去。

红丸背负着一个用火焰画成的圆圈,向"焰鬼"步步紧逼。紧接着,手刀朝着"焰鬼"的胸口猛地劈去。


"居合手刀,七之型,'日轮'。"

爆出的火焰似乎快要穿透"焰鬼"的身体了。

但被火焰击中的"焰鬼"依旧未被击溃。

"这样还砍不死你吗……果然还是需要和绀炉一样强的火力才行啊。"

红丸皱了一下眉头。

"大队长！干掉他！！"

"保护浅草！！"

他听见了来自地面上队员的加油声。

"管你是传教者还是白衣人，浅草是我的地盘！！敢在我的地盘为非作歹，我绝对饶不了你！！"

绀炉起身，朝红丸大喊：

"没错，小红！这里是你的地盘！！"

"绀炉的绝招……借我用一下。"

说罢，红丸将双手抵至"焰鬼"的胸前。

下一秒，一团狂热的烈焰将"焰鬼"完全吞噬，这团火焰比以往来的都要迅猛。

"焰鬼"的那具刀枪不入的身体一瞬间便分崩离析了。

火焰裹挟着那些碎片，化身成夜空中的一轮

明月。

"红月。"

"那团火焰……"

绀炉怔住了，他呆呆地仰望着上空。

浅草的夜空之中，惊现一轮赤红的圆月，将整个小镇染红。

"喔喔喔！！"

"是红月！！ 小红吗？！"

居民们抬头看着夜空，纷纷惊呼起来：

"那居然是仅凭一个人引燃的爆炸……"

樱备望着月亮，也愣住了。

"最强消防官果然名不虚传……"

白衣人站在小丘上眺望着浅草上空那轮突然显现的红月。

约拿懊悔道：

"那团火焰……有点艺术啊……不甘心……我

要嫉妒了。"

阿罗对他说：

"约拿……该撤退了。去向团长报告。"

在血红色的月光的笼罩下，阿罗自言自语道：

"此番确认到在同一能量点可以产生两次'焰鬼'，也算是不枉此行。哈兰，你的牺牲不会白费的。"


"绀炉中队长，镇上的火灾已经全部消灭了。'焰人'也没有了。"

大地被血色尽染，队员们正向绀炉汇报工作。

"辛苦了。也去和第8队道声谢……"

绀炉长吁一口气，望向天空。

"特别是森罗啊。"

随着绀炉的视线望去，森罗正紧紧搂着已经精疲力竭、达到"起火极限"的红丸，径直从红月前跃过。


东京皇国的某处，有一个像神殿一样宽敞的地

『红月』

方。几根柱子撑着高高的天花板，柱子上还架着烛台，在烛光的映照下，内部依旧有些昏暗。

就在这个微暗的空间里，祈祷声响了起来。

"为迷途之人点燃火种……熊熊之火将燃尽大地……"

唱诵者是两名白衣人——娃娃头约拿和弓箭手阿罗。

"伟大的太阳神会临座于此，让这颗星球化作那炎炎烈日……遵从传教者的指引，踏上圣途吧……拉托姆……"

二人一边祷告，一边朝向里面的一把装饰得极为华丽的座椅走去。

一位持剑的白发少年胳膊肘挂在扶手上，用手托着下巴。

阿罗走到少年跟前停下，开口道：

"哈兰殉教，已归于烈焰。"

约拿接着说：

"但是，那里有新'焰鬼'出现。此外……"

阿罗又接过话茬：

"还确认了第8队的新人拥有安德拉爆炎……以及与'焰鬼'的安德拉连接。"

坐在椅子上的少年嘟囔了一句：

"安德拉连接吗……"

"得想方设法得到。这是传教者的愿望。放在消防队里实在有些浪费。"

这名少年就是灰焰骑士团团长，象日下部。

"说不定与那个有联系呢……"

他望向远处，将剑拔出剑鞘，信誓旦旦地对两名白衣人说道：

"下回我亲自出马……"

## 小说作者

绿川圣司

生于大阪。双子座 AB 型血。凭借作品《晴天就去图书馆》获得第一届日本儿童文学协会长篇儿童文学新人佳作奖，并从此出道。主要作品有《书本怪谈》系列（POPLAR 社）、《猛兽学园！动物恐慌症》系列（集英社未来文库）等。

## 原作漫画家

大久保笃

漫画家。处女座 B 型血。主要作品有《噬魂师》系列（GANGAN 漫画）、《炎炎消防队》系列（讲谈社漫画杂志）等。

## 译者

杜妍

自由译者，社会学博士在读。狮子座 O 型血。译有《古典乐的盛宴》等。